Scrittori
164

Collana Scrittori
ultime uscite

125. Hanne Ørstavik, *Ti amo*
126. Jean-Paul Dubois, *Una vita francese*
127. Francesco Permunian, *Giorni di collera e di annientamento*
128. Francesco Pecoraro, *Camere e stanze*
129. Emanuele Trevi, *Qualcosa di scritto*
130. Paolo Zanotti, *Trovate Ortensia!*
131. Enzo Fileno Carabba, *Il digiunatore*
132. Andrea Abreu, *Pancia d'asino*
133. César Pérez Gellida, *L'ultima a morire*
134. Margaret Atwood, *Lesioni personali*
135. J.J. Ellis, *I fiori della morte*
136. Angela Bubba, *Elsa*
137. Laila Lalami, *Gli altri americani*
138. Jesus Carrasco, *Portami a casa*
139. Leonardo G. Luccone, *Il figlio delle sorelle*
140. Pola Oloixarac, *Ritratto di giovane donna con mostri*
141. Rosa Montero, *La buona fortuna*
142. Giovanni Greco, *Bruciare da sola*
143. Karin Smirnoff, *Mio fratello*
144. Marta Orriols, *Dolce introduzione al caos*
145. María Oruña, *Quel che la marea nasconde* (serie gialla)
146. Gaston Leroux, *Il mistero della camera gialla*
147. Domingo Villar, *Occhi d'acqua* (serie gialla)
148. Leo Giorda, *L'angelo custode* (serie gialla)
149. Marcin Wicha, *Cose che non ho buttato via*
150. Margaret Atwood, *La vita prima dell'uomo*
151. Francesco Permunian, *Elogio dell'aberrazione*
152. Cinzia Bomoll, *La ragazza che non c'era* (serie gialla)
153. Ariana Harwicz, *Baci all'inferno*
154. Ritanna Armeni, *Il secondo piano*
155. Philippe Claudel, *Dopo la guerra*
156. Michela Monferrini, *Dalla parte di Alba*
157. Francesca Sensini, *La trama di Elena*
158. Francesco Pecoraro, *Solo vera è l'estate*
159. Margaret Atwood, *La donna che rubava i mariti*
160. César Pérez Gellida, *Schegge nella pelle* (serie gialla)
161. María Oruña, *Il porto segreto* (serie gialla)
162. Daniela Ranieri, *Tutto cospira a tacere di noi*
163. Benoît Philippon, *La centenaria con la pistola* (serie gialla)
164. Emanuele Trevi, *La casa del mago*

EMANUELE TREVI

LA CASA DEL MAGO

Prima edizione: settembre 2023
Quarta ristampa: dicembre 2023

© 2023 Adriano Salani Editore – Milano
Pubblicato in accordo con The Italian Literary Agency
ISBN 978-88-3331-665-9

Redazione e impaginazione: Scribedit – Servizi per l'editoria

In copertina: disegno di Mario Trevi (elaborazione elettronica)
Progetto grafico della collana «Scrittori»: Camille Barrios / ushadesign
Progetto di copertina: Ifix

Ponte alle Grazie è un marchio
di Adriano Salani Editore s.u.r.l.
Gruppo editoriale Mauri Spagnol

Il nostro indirizzo Internet è www.ponteallegrazie.it
Seguici su Facebook, Instagram e Twitter
Per essere informato sulle novità
del Gruppo editoriale Mauri Spagnol visita
www.illibraio.it

La casa del mago

a Vita, piccola maga

Il significato della mia esistenza è che la vita mi ha posto un problema. O, viceversa, io stesso rappresento un problema che è stato posto al mondo, e devo dare la mia risposta, perché altrimenti mi devo contentare della risposta del mondo.

C.G. JUNG, *Ricordi sogni riflessioni*

Prologo

«Lo sai com'è fatto»

«Lo sai com'è fatto». Quando mia madre mi parlava di mio padre ci metteva poco ad arrivare al punto, sempre lo stesso: per affrontare qualunque faccenda con quell'uomo enigmatico, con quel cubo di Rubik sorridente e baffuto, bisognava *sapere-come-era-fatto*. Io chiedevo lumi, e lei mi ricacciava nelle tenebre più scure col suo perpetuo intercalare, più simile a una formula magica che a un pensiero razionale: «lo sai com'è fatto». Era evidente, d'altra parte, che non lo sapeva nemmeno lei come era fatto, non lo sapeva nessuno – forse nemmeno Gesù Bambino, quell'infallibile conoscitore dei più riposti segreti dell'animo, come mi assicuravano le monache a scuola. Ma una persona, rimuginavo io, perché dovrebbe essere fatta in un certo modo costringendo gli altri, per il loro bene, a *saperlo*? Non potremmo essere fatti tutti alla stessa maniera, e buonanotte? A quei tempi ero un bambino normalissimo, perfettamente adattato: una versione in miniatura dell'adulto che sarei diventato, privo di picchi e di voragini.

Tendevo a prendere per buone le massime di mia madre, ma quel modo di dire ho continuato a detestarlo, almeno quanto l'altra celebre enormità, «conosci te stesso». A me, di conoscere me stesso e di sapere come sono fatti gli altri non è mai fregato un granché. Quanto al primo punto, ho la sensazione che se qualcuno procede come può nella vita lo fa generalmente a sua insaputa: di nascosto da sé stesso, per così dire. Meno ti conosci, meglio stai. Quanto agli altri, la cosa più importante non è come sono fatti, ma che mi vogliano bene. Io sono come un cane, aspetto la carezza, il biscottino. Il cane non si conosce e non sa com'è fatto nessuno. L'unica verità del mondo, per lui, consiste in quella carezza, in quel biscottino.

Lo. Sai. Com'è. Fatto. Il minaccioso oracolo cominciò a risuonare nei discorsi di mia madre con la frequenza di un segnale d'allarme impazzito quando mio padre, del tutto inaspettatamente, annunciò che mi avrebbe portato con lui a vedere la Biennale. Avrò avuto nove, dieci anni. Che mio padre amasse l'arte contemporanea era una delle poche cose su cui si poteva mettere la mano sul fuoco. In questo, era un vero figlio del suo secolo chimerico e facinoroso. Punti, linee, superfici: se ne intendeva, aveva gusto e intuito. Sarebbe stato un gran collezionista, ad avere i soldi. Del resto a lui interessava guardare, non possedere. A Roma, subito dopo la guerra, aveva preso a frequentare dei pittori dotati di complesse vite interiori e percezioni sottili. Venerava quella gente, l'odore di acquaragia dei loro studi, le macchie variopinte sui grembiuli da lavoro. A quei tempi era così povero che si poteva permettere sì e no un pasto al giorno. Conservo ancora certi suoi album dell'epoca, dove incollava qualunque riproduzione riuscisse a trovare di Picasso, di Mondrian e degli altri maestri. Musei privati di carta e colla. Aveva una predilezione per Paul Klee. Una volta un medico gli aveva fatto non so quale diagnosi spaventosa, e lui se ne andò a Berna, perché prima di morire voleva vedere dei quadri importanti di Klee custoditi in quell'antica città. Angeli, spirali, piramidi cromatiche... Questa iniziativa da vero svitato risultò più benefica di quello che si potrebbe pensare. Campò almeno altri cinquant'anni, sia che la diagnosi del medico fosse sbagliata, sia che le opere di quel saggio artista svizzero – da molti, in effetti, considerato una specie di sciamano – abbiano esercitato su di lui qualche virtù taumaturgica. La ragione tace su queste cose, e fa bene, perché la ragione considera i fatti in generale, non gli individui con la loro pazzia e il loro vano terrore della morte. Se la ragione stesse a badare agli individui, diventerebbe pazza pure lei. Come se la geometria fondasse le sue leggi sugli sgorbi dei dementi, anziché sui triangoli e le sfere. Per farla breve, mio padre andava sempre a Venezia a vedere la Biennale. Che questa o quell'edizione gli piacesse, o lo deludesse, non è dato saperlo: tutte le sue abitudini erano ammantate di un velo di mistero e di certo nessuno gli chiedeva conto di nulla.

«Vedrai, non è molto diverso dal luna park». Quando decise di portarmi con lui, sarà stato il 1972 o giù di lì, ero davvero felice. Ci pensò mia madre, insuperabile nell'individuare il lato storto di ogni cosa, a completare la ricetta con la giusta dose di angoscia. «Ascoltami bene. *Appena arrivi in albergo prendi una saponetta di quelle piccole, senza togliere la carta, e te la metti in tasca*. Non ti dimenticare, per una volta. Lì ci sono il nome e l'indirizzo dell'albergo, se per caso ti perdi. Tutte le saponette hanno il nome dell'albergo. Perdersi a Venezia è facile, Venezia è un *labirinto*, hai presente il tuo puzzle con il labirinto? Venezia è mille volte peggio, ma per te è *doppiamente* facile perderti, perché sei distratto e perché tuo padre non si curerà mai e poi mai di controllare se tu lo segui. Lo sai com'è fatto. Siete assortiti male. Un adulto che non si cura *mai* del prossimo e un bambino che sta *sempre* con la testa tra le nuvole. Sareste capaci di perdervi nel corridoio di casa. Attaccati al fondo della giacca, all'impermeabile, a qualunque cosa. Ricordati: *lui* non si volta mai, sei *tu* che devi restargli appiccicato». Con la sua inimitabile miscela di scaramanzia e ansietà, tipica di molti meridionali, e dei calabresi in particolare, mia madre era un fenomeno nel delineare all'orizzonte scenari catastrofici. Se ti descriveva un fungo velenoso, tu avevi la sensazione di averlo già inghiottito per sbaglio; se prevedeva pioggia, i vestiti erano già fradici e pesanti prima di mettere un solo piede fuori casa. In me e mio padre in trasferta a Venezia vedeva qualcosa di molto simile a un castello di carte costruito su un davanzale in un giorno di vento. Non è che le dispiacesse quel viaggio, tutt'altro. In primo luogo, era contenta che mio padre ci avesse pensato, e approvava il mio entusiasmo, ma come il don Juan di Castaneda era convinta che «un uomo si avvia verso il sapere come se andasse in guerra». Non dovevo prendere quella storia del carattere di mio padre alla leggera. Soprattutto nel labirinto veneziano: più infido e intricato, verosimilmente, del mio innocente puzzle geometrico. Perché i veneziani, al momento di costruirsi una città, si fossero inflitti quell'immensa rottura di coglioni di farla a forma di labirinto, questo non arrivavo a comprenderlo. Ma il problema non era il labirinto in sé, era andarci con mio padre: un Dedalo incurante di Icaro. Mio padre – argomentava lungamente – non riusciva a rimanere in modo continuativo tra noi, con i piedi piantati sulla nostra vecchia, affidabile, sonnolenta Madre Terra, in compagnia dei suoi simili: che è l'unica compagnia che abbiamo, in fin dei conti. Aveva l'abitudine di andarsene nel bel mezzo di qualsiasi cosa, e chi si è visto si è visto («rimane *l'involucro*, ma lui chissà dov'è»): difficile prevedere per quanto sarebbe stato via. Con gli occhi interessati di un bambino, posso aggiungere che i ritorni erano contrassegnati da un'allegria e una generosità addirittura spropositate. Intercettarlo in quei momenti poteva essere vantaggioso. Da adulto, ho letto il famoso saggio di Montaigne sulla solitudine, dove si consiglia di farsi nella testa una specie di «retrobottega» in cui rifugiarsi anche in presenza degli altri, per riacquistare la propria autonomia, quella sovranità su sé stessi sempre insidiata dal prossimo. Mi ha fatto subito pensare a mio padre. Lui sembrava viverci in pianta abbastanza stabile, nell'*arrière-boutique*. Nel senso che poteva essere adorabile, ma la sua condizione naturale, o meglio l'istinto primario, era quello del rintanato, del disertore dal consorzio umano. «Hai presente una scogliera liscia, a picco sul mare? Così è tuo padre se non ti vuole dare retta. Non offre appigli». Altre metafore del generoso repertorio di mia madre: il polipo, occultato nel suo nerissimo inchiostro difensivo. Un telefono che squilla a vuoto. La classica Sfinge. Sin dalla più tenera infanzia io e mia sorella ci eravamo abituati a seguirlo, quando si rendeva necessario, come i cuccioli di papera di Konrad Lorenz seguono la prima cosa che vedono fuori dall'uovo, che sia la legittima papera o una palla di plastica, senza chiedersi se la palla o la mamma pensino a loro. Il nostro imprinting: segui Colui Che Non Si Volta. Mia madre, che pure aveva l'assurdo vezzo di dichiarare che non amava ripetere le cose, in realtà le ripeteva e variava fino allo sfinimento. Ma l'educazione è fatta così: parole che sfondano come gocce la pietra friabile di qualunque cranio. «Ricordati la saponetta. *Incartata*, sennò è inutile. Ci deve essere il nome dell'albergo. L'ho detto anche a tuo padre, ma lo sai com'è fatto».

L'apprensione è sempre un articolo utile da mettere in valigia – su questo sono rimasto fondamentalmente d'accordo con mia madre. Un certo grado di sfiducia nel congegno del mondo, e in noi stessi dentro i suoi delicati e imprevedibili meccanismi, è la migliore delle bussole: nel labirinto di Venezia e in tutti gli altri. Tutto il mondo è Venezia. Se un bambino sa che suo padre non si volterà mai per accertarsi che il figlio lo segua... potrà prendere la circostanza come un gioco, una sfida. Fingendo, per esempio, di pedinare il genitore, come nei film. La favola di Orfeo ed Euridice, imparata recentemente a scuola, non poteva che confortarmi. Se quel cretino borioso avesse fatto come papà, non si sarebbe riportato la moglie alla luce del sole, invece di sprecare tutta la fatica dell'impresa per un semplice, nevrotico moto di impazienza? Eppure, le leggi della vita umana smentiscono e umiliano qualunque forma di razionalizzazione. Basta una parola di troppo, un ragionamento di troppo a sabotare l'orientamento più saggio, la decisione più ponderata. Istigandomi a esercitare al massimo la mia capacità di attenzione, mia madre riuscì a inoculare i germi di una catastrofe fin troppo annunciata. È andata così. Scesi dal vagone letto – di gran lunga il mezzo di locomozione preferito da mio padre – ci eravamo sistemati in albergo, dove per prima cosa avevo infilato la saponetta incartata nella tasca dei pantaloni. Una volta pronti, per raggiungere il vaporetto attraversammo piazza San Marco. Mio padre era nel nostro mondo, e ricordandosi del mio amore per gli animali (da grande, a quei tempi, volevo fare il veterinario) mi propose di comprare un sacchetto di semi di mais per attirare i piccioni sulle mani e sulle spalle. In questo era fantastico, si ricordava sempre delle cose che potevano piacere a un ragazzino, le incoraggiava. Oggi l'innocente passatempo di nutrire i piccioni è considerato poco meno di un crimine di guerra, e sono spariti da tempo immemorabile i banchi dei vecchietti che in piazza San Marco vendevano i loro sacchetti di semi. Feci salire i famelici volatili sulle mani, sulle spalle, sulla testa. Mi avvolse un esaltante frullare di ali: una versione casalinga del famoso video di Madonna che canta *Frozen*. Finiti i semi, quelle bestie del tutto anaffettive – per non chiamarle stronze – se ne andarono immediatamente per i fatti loro. Io ho alzato gli occhi, ancora inebriato dall'esperienza, e in quel preciso momento ho commesso l'errore. Questa è la vita umana, piaccia o non piaccia: un momento, tutto felice, stai dando da mangiare a dei piccioni, e quello dopo – basta una frazione di secondo – benvenuto nell'Ignoto, nello Spaventoso. Vidi il trench di mio padre già di spalle, la cintura penzolante al fianco: il suo familiare trench marroncino. A passi rapidi, le mani in tasca, si muoveva verso il portico di piazza San Marco dal lato del Caffè Quadri. Dimenticati i piccioni, lo rincorsi e afferrai la cintura. Mamma aveva ragione: papà non si voltava mai. Presto siamo stati inghiottiti dai portici, forse per imboccare quella calle che tira dritta verso Rialto, in ogni caso inoltrandoci negli ombrosi meandri veneziani. E a un certo punto accadde. I momenti in cui ti accorgi di aver fatto un'enorme cazzata sono conficcati nel tempo e nella memoria con sottili aghi d'angoscia e di vergogna. Ancora oggi, se ci ripenso, mi vengono i brividi. Un tizio, un tizio qualunque che *non era* mio padre, ma un signore di Venezia diretto chissà dove a farsi i fatti suoi, si girò indietro finalmente accorgendosi di avere un ragazzino che lo seguiva stringendo in mano il capo della sua cintura. Mi ero attaccato al trench sbagliato. Il tizio era calvo, con il naso aquilino: lo ricordo come se ce lo avessi di fronte. Forse feci in tempo a notare che assomigliava molto a Yul Brynner, attore di western famoso a quei tempi. Lo dico perché a volte gli stati d'animo più traumatici sono attraversati da pensieri incongrui o futili: lievi marezzature sulla pietra nera dello sconforto. Quello che ricordo perfettamente è che il signore, il padre sbagliato con un trench identico al padre vero, chinandosi perplesso verso di me mi chiamò *fiòl*, come a ribadire, con quell'alterazione dialettale del concetto di «figlio», il mio declassamento a «figlio smarrito», ovvero babbeo. Be', alla fine mia madre aveva combinato un bel casino. Ero stato troppo incauto per eccesso di attenzione, finendo per attaccarmi alla penzolante coda di stoffa di quell'uomo sconosciuto. Con l'ansia che avevo di non fare errori, non mi ero nemmeno reso conto che il signore di passaggio non aveva i capelli. Yul Brynner, vale la pena ricordarlo, era una brava persona. Iniziò una trafila di pianti, interrogatori, premure veneziane, finché la saponetta fece la sua trionfale apparizione spuntando fuori dalla mia tasca e rivelando il nome dell'albergo, che dopo tutti questi anni ancora ricordo: Hotel Boston. Credo esista ancora; come tutto a Venezia, continua a esistere indefinitamente, semisommerso nella stagnante laguna del tempo. Mi ci portarono con un motoscafo della polizia, addirittura. Adesso che negli alberghi ci sono i distributori di sapone liquido nella cabina doccia, mi chiedo sempre come fanno i ragazzini che si perdono, privati della risorsa della saponetta. Forse vagano in eterno, minotauri in miniatura nel labirinto veneziano, incapaci di pronunciare il nome del loro albergo. Per consolarmi, nell'attesa di qualcuno che mi riportasse indietro, la proprietaria di un negozio di chincaglierie di Murano mi regalò un minuscolo cavallino di vetro trasparente, che ho conservato gelosamente per molti anni. Non era il tipo di souvenir che evoca pensieri allegri. Semmai, rappresentava un promemoria: di un errore da non ripetere. Il fatto è che ci ero rimasto malissimo. Ma come: mio padre, l'Imperscrutabile, aveva deciso di portarmi alla Biennale di Venezia – meglio del luna park! – e io cosa facevo? Sbalestrato dalle profezie di mia madre, mi attaccavo al soprabito sbagliato, e costringevo un certo numero di adulti a occuparsi di me, comprese le forze dell'ordine. Uno scenario che può essere anche gratificante per molti bambini (come per molti adulti), ma la mia strategia era del tutto diversa. Io – che pure intuivo di avere un carattere diametralmente opposto al suo – volevo già da allora essere l'ombra di mio padre, o almeno del suo involucro. Aspiravo a una rassicurante, affidabile mediocrità capace di generare l'unica sintonia possibile con quell'uomo così difficile da interpretare. Se ne andasse dove voleva: io sarei stato lì, un bambino-valletto poco percepibile ma capace di diventargli subdolamente indispensabile. E a pensarci bene sono rimasto uguale, nei suoi confronti, fino alla sua ultima notte. Fu così che il cavallino di vetro di Murano, ricordo dell'avventura, diventò una specie di monito, un piccolo teschio di Amleto. *Non farti notare*, mi ricordava l'animaletto totemico; non era forse il vetro trasparente una fin troppo facile allegoria? *Se vuoi che quell'uomo ti voglia bene* (*che è l'unica cosa che ti interessa*) *non scivolare mai al centro della sua attenzione*, sussurrava il cavallino. Ancora non avevo la minima idea di ciò che rendeva quel centro così pericoloso, ma percepivo benissimo che lì nessuno ci poteva stare.

***

Immagino che dopo esserci ritrovati all'Hotel Boston, grazie alla salvifica saponetta, ci sia rimasto tutto il tempo di visitare la Biennale, ma non ne conservo nessun ricordo. Così come non ricordo nulla dell'altra Biennale, quella del secondo viaggio a Venezia con mio padre, che si colloca in un'epoca ben più recente. Io ormai ero un adulto, e avevo subito accettato la proposta, del tutto imprevista, di accompagnarlo alla Biennale di quell'anno.

Lui non era più il padre di mezza età con il fatale trench marroncino, ma un uomo già anziano, affaticato da un incidente grave che per poco non lo aveva mandato all'altro mondo. Aveva attraversato la strada in un momento di clausura assoluta nel retrobottega, e una moto, micidiale ambasciatrice della realtà, lo aveva travolto. Non osservava la segnaletica, quando camminava in quelle condizioni. Non osservava *nulla*. «Bisognerebbe rinchiuderlo in una bolla di plastica trasparente», fantasticava mia madre. Mi piaceva immaginarlo così, con quell'involucro artificiale – auspicabilmente dotato di prese d'aria – che gli ruotava intorno. Io non avrei potuto svolgere un compito tanto utile, ma la mia partecipazione alla visita alla Biennale aveva un esplicito significato di accudimento, visto che mio padre dopo l'incidente camminava molto piano, con grandi dolori all'anca, e Venezia è il posto al mondo dove meno conviene avere questo tipo di problemi. Come tutti sanno, Venezia è un labirinto pieno di dislivelli, ponticelli, passerelle. Il cavallino di vetro era finito in quel limbo dove aspettano la fine dei tempi migliaia di oggetti che nessuno butterebbe via consapevolmente, ma che si limitano a sparire a un dato momento, per far posto ad altri. Ma il suo ricordo continuava a farmi da modello mentale, per così dire, nei rapporti con mio padre. Quanto a mia madre, anche lei invecchiata, non ci posso mettere la mano sul fuoco, ma che mi abbia telefonato per dirmi «lo sai com'è fatto» mi sembra più che probabile. Lo disse fino alla fine, quando ormai doveva essere palese che mai nessuno al mondo avesse minimamente intuito com'era fatto. Passati i trent'anni avevo ormai perfezionato la mia tecnica: non mi facevo mai notare da lui. Gli davo solo notizie rassicuranti. Non ci vedevamo molto, ma parlavamo al telefono e mi prestavo volentieri a qualunque servizio gli fosse necessario. È anche vero che nulla sembrava essergli davvero necessario. Molto singolarmente per un padre e un figlio dell'età moderna, diventato maggiorenne mi ero inoltrato nella vita adulta senza che avessimo fatto l'inebriante esperienza non dico di un litigio, ma di un lieve dissapore. Una volta, quando ancora andavo a scuola, mia madre aveva trovato il classico sacchetto d'erba che le madri trovano sotto il materasso dei figli. Aveva chiamato papà imponendogli di aspettarmi in camera mia per farmi una specie di predica al mio ritorno. Sono convinto che mia madre, che era medico e considerava l'erba abbastanza innocua, abbia scelto questo espediente educativo più per lui che per me: tentava insomma di fargli fare un giro di giostra in questo mondo, nell'improbabile ruolo di genitore allarmato e pedagogo. Ma non funzionò: non era possibile fargli fare nulla che non avesse stabilito lui di fare. Io rientrai a casa tardissimo, poco prima dell'alba, trovandolo che dormiva nel mio letto, in posizione fetale sotto il lenzuolo tirato fin sopra la testa. Non ce l'aveva fatta ad aspettarmi sveglio, con la sua canonica lista dei danni causati dalla droga. Non ero meno sbalordito, nel trovarmelo lì che russava, che se ci avessi trovato un marziano, la pelle verde coperta di scaglie e le antenne piegate sul cuscino. Si svegliò a fatica, sulle prime non ricordava nemmeno lui le ragioni della sua presenza nel mio letto. Quando venne fuori la storia dell'erba («Ma che effetto ti fa?» – «Buonissimo, papà») capii subito il sadismo di mia madre e la questione finì lì. Ovviamente, me la presi con lei: perché aveva dovuto *disturbarlo* per quella idiozia?

«Be', è *tuo padre*». E una volta tanto – che gusto! – fui io a restituirle un solenne: «lo sai com'è fatto».

Bene, l'utilità del vagone letto, nel quarto di secolo che separa le due visite alla Biennale, era molto diminuita, e già Venezia si raggiungeva più comodamente di giorno a quei tempi, ma a mio padre, vai a capire perché, è sempre piaciuto dormire in treno. Abbiamo prenotato una cabina per due, e poco dopo la partenza siamo andati a mangiare nella carrozza ristorante. Come si sarà intuito, mio padre non era quello che si dice una persona facile a tavola. Da che mondo è mondo, la gente che mangia insieme chiacchiera. Lo facevano gli eroi di Omero e lo fa qualunque povero diavolo. Anche i giapponesi, con i loro monosillabi, fanno conversazione: com'è andata la giornata, come sta l'imperatore, eccetera. Nei film e nella vita, quando non si parla a tavola e si sente il rumore delle posate e delle stoviglie c'è qualcosa che non va. Però, di una persona silenziosa almeno puoi prendere le misure abbastanza facilmente. La complessa scienza di mio padre imponeva ben altre dosi di elasticità. Nel senso che poteva passare rapidamente da uno stato di allegria e loquacità addirittura esagerata a una condizione di totale smarrimento in sé stesso, resistente a ogni tentativo di conversazione. La cosa più sorprendente di tutta la faccenda era la rapidità della transizione, della ritirata. Per l'appunto, *spariva*. Non saprei dire se quella volta era salito in treno già messo così, o se gli fosse accaduto mentre assaggiava le farfalle al sugo del vagone ristorante. Io sono una persona decisamente più facile, prevedibile. Faccio più o meno quello che impongono le convenzioni, e se mi annoio confido nella rapidità del tempo. La parola preferita del mio animo darwiniano è: adattamento. Mio padre era incapace di fingere, o se ne fregava di fingere – distinzione fin troppo sottile. Se si rinchiudeva nei suoi silenzi sospirosi, il trucco era non pensare che ce l'avesse con te, che ti fosse sfuggita una parola sbagliata, e cose del genere. Era solo finito in un luogo remoto da dove gli era impossibile rispondere sensatamente alla più semplice delle domande, ma prima o dopo, come ho già osservato, tornava sempre a terra. Io ho preso tutto il carattere da mia madre, per me esistono solo gli altri, i sentimenti che provano per me, quelli che io provo per loro, non sto solo nemmeno quando dormo, si infilano tutti nella mia testa, e anche nei sogni continuo a temere che non mi vogliano più bene. Io e mia madre, insomma, siamo nati senza *arrière-boutique*: puro gregge umano. La differenza è che mia madre non sopportava mio padre, quando se ne andava. La viveva come una penitenza. Io invece adoravo quel prodigio ambulante, quel bersaglio che la balistica del mondo non riusciva mai a centrare. *Ha ragione lui*, pensavo, senza mai arrivare a capire le ragioni del mio pensiero.

Al novantanove per cento si sarebbe svegliato nel migliore degli stati d'animo la mattina dopo, arrivati a Venezia, totalmente dimentico di avermi inflitto quella cena ferroviaria che mi aveva ricordato *Weekend con il morto*. Nel frattempo, mi rassegnai volentieri a essere guardato come se cercasse di capire chi era lo sconosciuto che cenava assieme a lui, e finito di mangiare ci sistemammo nella nostra cabina. E qui è iniziato il dramma, perché se mi fossi messo tranquillo a dormire le cose sarebbero filate lisce. Ma anche le persone più adattabili, più darwiniane, si stufano, si prendono una pausa. C'era anche il fatto che volevo fumare, a quei tempi nei treni si poteva ancora praticamente ovunque, e appena vidi mio padre sistemato al suo posto, presumibilmente addormentato, sgusciai fuori per tornare al vagone ristorante, armato di un libro e di un pacchetto di sigarette. Ordinai qualcosa da bere: lo scopo era raggiungere il mio giaciglio abbastanza brillo da evitare un'insonnia da vagone letto. Feci amicizia con i due camerieri, e riuscii a tirare il più tardi possibile. Fu al momento di rientrare silenziosamente nello scompartimento che commisi l'errore fatale. C'era un piccolo chiavistello, sopra la maniglia, che avevo lasciato aperto al momento di filarmela. E una volta entrato, mi scordai di tirarlo. Nei vagoni letto di una volta, non so oggi, questa dimenticanza poteva trasformarsi in qualcosa di molto pericoloso. E pensarci mi fa male ancora adesso che ne scrivo, perché, come ho detto, ero partito non solo per godermi insieme a mio padre le ultime tendenze dell'arte contemporanea, ma anche per proteggerlo. E invece sono stato io a metterlo nei guai. Anche i cavallini di vetro trasparente finiscono per farsi notare in maniera catastrofica.

Alla fine di questi viaggi notturni, ovviamente, ci si sveglia e ci si prepara all'arrivo con un certo anticipo. All'altezza di Padova tutto il nostro vagone era animato, le porte aperte, le colazioni della prima classe già servite. Sicuramente l'addetto bussò anche a noi, senza però ottenere risposta. Solo a Santa Lucia, quando il treno rapidamente si era svuotato dei passeggeri, ci trovarono che dormivamo ancora, e il risveglio fu complicatissimo. Ricordo un senso di nausea e totale smarrimento abbastanza simile ai postumi di una sbronza seria – non certo giustificato dalla mezza bottiglia che avevo bevuto. Mio padre non era allegro come avevo previsto, ma totalmente rintronato. Il capotreno aveva capito al volo che cosa era successo, e aveva subito chiamato un agente della polizia ferroviaria. Il motivo della presenza di quel rappresentante delle forze dell'ordine divenne presto chiaro, a misura che riacquistavamo un livello passabile di coscienza. A parte i vestiti che indossavamo, non avevamo più assolutamente nulla. Sparite le valigie, spariti i portafogli, addirittura le scarpe di mio padre. Io ero stato più fortunato perché le lenzuola di carta e l'odore di quei letti mi hanno sempre fatto schifo, e mi ero buttato a dormire completamente vestito, scarpe comprese. Con occhio esperto, l'agente esaminò il pavimento per qualche secondo e raccolse una boccetta d'alluminio chiusa da un vaporizzatore, simile a una confezione piccola di schiuma da barba o di repellente per zanzare. Ci accompagnarono alla polizia ferroviaria per la denuncia. Il commissario, un uomo gentile e disincantato, ci spiegò che durante le lunghe soste dei treni notturni bande di astutissimi zingari riuscivano in qualche modo a salire sopra, e quando trovavano una porta delle cabine letto chiusa senza chiavistello, penetravano all'interno e stordivano con il cloroformio i viaggiatori già addormentati, per derubarli completamente e scientificamente, del tutto indisturbati. Cose che si leggono nei fumetti di Diabolik ma che in realtà accadono ogni giorno, commentò.

Via via che il commissario proseguiva la sua spiegazione dell'accaduto, la mia colpa sembrava materializzarsi nel suo ufficio con la stessa inesorabile evidenza della luce di una mattina d'estate. Ero io che mi ero dimenticato di tirare il chiavistello, dopo la mia futile sortita al vagone ristorante. Avevo lasciato entrare il nemico ed eccoci qui, senza nemmeno i soldi per un caffè, mio padre con i calzini marroni infilati in un paio di ciabatte da giardiniere rimediate in un armadio del posto di polizia. Altro che Diabolik. Diabolik sdegna i coglioni. Per un fugace momento, sperai vigliaccamente che il quadro della vicenda fosse noto solo *a me*, ma non era affatto così. Mio padre aveva capito tutto, e la sagacia professionale del commissario, quasi un istinto inveterato per la verità, non tardò a mettere l'ultimo sigillo sulla mia vergogna. Di una cazzata si può dire poco o nulla: l'hai fatta, vorresti non averla fatta. L'adulto che ero diventato non era diverso dal bambino che, in occasione di una precedente Biennale, aveva afferrato la cintura di un trench sbagliato. Cosa c'era che non andava in me? Erano più di venticinque anni che aspettavo di tornare con mio padre a vedere la Biennale, e avevo ficcato tutti e due nelle grinfie di una fiabesca banda di malfattori gitani, che immaginavo vestiti come gli amici di Carmen radunati all'ombra dei bastioni di Siviglia. Mi sembrava che si fosse stabilita addirittura un'intesa di sguardi tra mio padre e il commissario. Forse anche lui aveva un figlio idiota. Si realizzò nel frattempo una circostanza favorevole, ma che essendo del tutto fortuita non valeva minimamente a riabilitarmi. Ficcandomi la mano nella tasca davanti dei pantaloni, mi ero reso conto di aver messo lì il mio bancomat, uscito indenne dalla razzia. Potevo almeno alleviare il disastro con qualche spesa. Delle scarpe per mio padre, prima di tutto.

E così, non troppo più tardi dell'orario previsto, acquistate delle comode scarpe da tennis per mio padre, un po' malconci per la dose di cloroformio inalata, ci ritrovammo sul vaporetto che, arrancando di fermata in fermata lungo il Canal Grande e la Riva degli Schiavoni, ci avrebbe portato ai giardini della Biennale. Ci eravamo sistemati in due posti all'aperto, di quelli a poppa, rinfrancandoci con l'aria salmastra di Venezia. Come si può immaginare, mio padre era in una fase di mutismo assoluto. Mi chiedevo in che proporzioni potesse entrarci il cloroformio. Di sicuro poi c'era della stizza verso di me, non poteva non esserci. Quella me la meritavo, e pace. Ma mio padre era una persona veramente imperscrutabile, ed era un'attività vana e inesauribile almanaccare su di lui. Sul tacco e sulla punta delle Nike comperate troppo in fretta brillavano dei lustrini dorati. Speravo che non si accorgesse di quella frivolezza.

Non ricordo nulla nemmeno di questa Biennale, se non che a un certo punto eravamo tutti e due troppo stanchi per proseguire e ci eravamo stravaccati a un tavolino del bar che sta sul piazzale al centro dei padiglioni. Be', non ci sarebbero state altre Biennali, quello era sicuro. Ma mio padre non era ancora così vecchio, aveva davanti un tratto abbastanza lungo della sua vita; la mia mi si spalancava davanti quasi intatta. A un certo punto gli confidai il mio imbarazzo per il fatto di avere rovinato entrambi i viaggi a Venezia che avevamo fatto nella vita. Finalmente sorrise, forse perché casualmente gli avevo risvegliato un ricordo felice, nonostante tutto: i piccioni, il sollievo di ritrovarmi in albergo dopo lo spavento, il cavallino di vetro. E uscì dal suo mutismo per dirmi una cosa che non ho mai dimenticato. Solo ciò che accade due volte possiede un significato magico e arcano – così cominciò. Un evento che si verifica una sola volta è un caso; più di due volte è un'abitudine, un fatto comprovato, dipende da leggi stabilite. Tutto ciò che nella sua vita era tornato nell'orizzonte degli eventi come il gemello di un fatto precedente era dotato ai suoi occhi, aggiunse, di un grado di realtà che poteva definire pieno, almeno nei limiti assegnati ai mortali nella loro esperienza delle cose. Perché noi *non siamo né veri né falsi*, e la ripetizione è uno spiraglio, un indizio, la vibrazione momentanea e inafferrabile di un assoluto che sfugge a ogni logica. Cos'altro cerca questa gente, disse indicando i padiglioni che non avevamo avuto la forza di visitare, cos'altro cercano i cosiddetti *artisti* se non di produrre un doppio di qualcosa che magari non ricordano nemmeno, non sanno nemmeno che esiste, non sanno di aver vissuto una prima volta? Per questo c'è l'arte, perché noi non possiamo vivere né nell'unico né nel molteplice, siamo sudditi di un altro regno di cui solo le cose che accadono due volte ci fanno intravedere la strada.

Più invecchio, più realizzo che aveva ragione mio padre, mi sento sempre meno vero e sempre meno falso. C'è qualcosa lì in mezzo. Ho imparato ad avere fede nelle cose che accadono due volte, che rimangono sospese a metà di un'alternativa. Quando mi sento felice, per esempio la mattina appena sveglio, immagino che dita sottili e invisibili, delicate come dovrebbero essere quelle degli angeli, abbiano sciolto durante la notte i nodi delle contraddizioni e delle decisioni. Forse nei sogni che faccio e dimentico ci sono coppie di eventi che volteggiano nell'anima come colombe innamorate, come note ribattute. Avrei potuto chiedere precisazioni a mio padre, o farmi spiegare tante altre cose, ma a me piaceva stargli vicino, non attingere alla sua saggezza. Era un uomo difficile, misterioso, saturnino. Mi sentivo a mio agio con lui, mi piaceva passarci del tempo, ma non posso dire di averlo conosciuto bene. Ricordo che quel giorno gli alberi dei Giardini di Castello, quei grandi platani e faggi, stormivano all'unisono quando la brezza si alzava dalla laguna, formando i loro ricami di ombre sulla ghiaia dei viali. Ricordo che a un certo punto lo stordimento del cloroformio diventò un'ebbrezza, una forma assoluta di leggerezza, come se dentro i nostri corpi le ossa avessero perso di consistenza, diventando cave e sottili come quelle degli uccelli, e rendendoci capaci, se solo lo avessimo desiderato, di alzarci in volo su Venezia. E in qualche modo, arrivò il momento di riprendere il treno, di tornarcene a casa. Quella notte non avrei commesso errori con il chiavistello, e ovviamente non mi sarei perso dietro i passi di un padre sbagliato: qualunque cosa avessi fatto per due volte, non ce n'era più bisogno.

I

La visitatrice

Vendere casa di mio padre, la casa che aveva lasciato in eredità a me e a mia sorella, con tanto di breve lettera da aprirsi *in caso di morte*, così si leggeva sulla busta lasciata in bella vista su una mensola della libreria (come se la morte, tutto considerato, fosse un «caso» che poteva benissimo non verificarsi), vendere casa di mio padre si rivelò più difficile di quello che avevamo previsto. Continuavamo a ricevere inutili visite di gente che batteva subito in ritirata, oppure offriva cifre ingiuriosamente basse, tanto per provarci. Il tempo, che non sa fare nient'altro, passava. Un anno, poi ne iniziò un altro. Quando le case rimangono troppo in vendita, la loro reputazione si compromette, perché ci sarà pure una ragione, e iniziano ad assomigliare a quelle zitelle di una volta che a partire da un certo momento, rifiuta uno e rompi con l'altro, non trovavano più chi le sposasse. Bisogna dire che la luce nell'appartamento è scarsa, quasi riluttante a spingersi fin giù al primo piano anche nei giorni più radiosi. Incombono sulle finestre i muri dei palazzi circostanti, e dalla parte della strada la facciata di un albergo con tutta la sua schiera di balconcini desolati. La strada, in apparenza defilata, produce rumori notte e giorno, vetri e infissi tremano al passaggio dell'autobus che arranca verso la stazione sbuffando i suoi miasmi. Ma non erano tanto i fatti oggettivi a rendere difficile una conclusione vantaggiosa della trattativa. Le case, non diversamente dalle barche, vanno governate. E su quelle stanze l'usura della vecchiaia aveva sparso una patina di desolazione, resa ancora più evidente da un'orribile moquette bruna che si stendeva, cupa e sdrucita come l'ombra di una strega, su tutti i pavimenti, tranne che sulle malconce piastrelle bianche del bagno e della cucina. La maggior parte dei visitatori consisteva in giovani coppie alla ricerca di un primo nido: tutte attratte dall'eleganza della palazzina anni Venti – un tipico esempio di quello stile eclettico che ha preso il nome di «barocchetto romano» –, col suo giardino interno di oleandri e magnolie, e del quartiere residenziale, ma invariabilmente deluse dall'appartamento in sé, probabilmente avvertendo, in quella vecchia barca in penombra rivestita di moquette, puzza di sfiga. Non volevano accollarsi, in un momento così delicato, la fatica di scendere a patti con un ambiente poco confortevole, affrontando anche questo ostacolo gratuito tra i tanti inevitabili che la vita gli stava preparando. Tutto sommato, nessuno le costringeva ad abitare lì, e Roma è piena di case in vendita. Secondo l'agente immobiliare che ci aiutava, queste percezioni indistinte ma potenti erano il fulcro della questione, ma andavano interpretate da un altro punto di vista: se una casa non ti vuole, emana i suoi fluidi respingenti, boicotta ogni tuo tentativo di appropriartene. Tu sei convinto che qualcosa non ti sia piaciuto, in realtà è lei a metterti – cortesemente, ma con fermezza – alla porta. Prospettiva interessante, perché attribuisce ai cosiddetti immobili un ampio margine di autonomia nei passaggi di proprietà. Era insomma la casa di mio padre che bisognava ammansire: il compratore sarebbe arrivato. Fatto sta che gli sposini promettevano di tornare e poi annullavano l'appuntamento. Durante la visita, il loro sentimento di disagio si propagava all'istante tra gli accompagnatori – madri e padri, suocere e suoceri, architetti di fiducia, tutti in sintonia nel percepire che qualcosa non andava.

La diagnosi non era esatta, non era sfiga quella che subodoravano, ma la ripulsa era più che naturale e giustificata. Non sapevano, i visitatori perplessi, non potevano sapere che quel luogo conteneva un residuo potente di energia mentale, una specie di braciere psichico non ancora del tutto spento. Quello non era un posto qualunque, ma l'antro di un grande guaritore, un luogo dove la Cura si era giocata a viso aperto la sua partita col Male: e vincesse il più scaltro dei due, se ne era capace. Carl Gustav Jung, che non aveva nessun motivo di truccare il bilancio, alla fine della carriera fornì una specie di statistica: aveva guarito un terzo dei pazienti, un altro terzo «migliorò notevolmente», e solo sull'ultimo terzo non gli riuscì di influire «in modo essenziale». Ma è proprio questa fetta di refrattari la più interessante, aggiunge Jung con un certo grado di malizia. Perché non si può mai dire cosa accade nel tempo, e si possono verificare anche scoppi ritardati, conseguenze remote. Lo stile individuale e il carisma del guaritore, su questo sono tutti d'accordo, contano molto di più che questa o quella dottrina psicologica. Mio padre possedeva il tocco del maestro, lo stesso che riconosciamo a un pianista, a un calciatore: sapeva maneggiare l'anima ferita, che è la cosa più subdola, retrattile, mimetica dell'universo. L'anima si lamenta: e c'è del torto e della ragione nel suo lamentarsi, un perpetuo stato di contraddizione, di dissociazione, di inganno ordito contro sé stessa. *Non ci è e non ci fa*. Lui non la guariva in senso stretto, come si può sanare un dente cariato, perché a rigore l'anima non ha un vero stato di salute da recuperare: quando mai è stata bene? Il solo fatto di esistere nel tempo la corrode e la corrompe e la mette nella sua naturale condizione di disagio fin dall'inizio; ma mio padre la faceva girare meglio, per così dire, ricollocandola nell'insondabile meccanismo del suo destino. Di che delicata, corruttibile, pieghevole materia sarà mai fatta l'anima? Personalmente, la immagino con la forma e la consistenza di un gomitolo di lana. L'aldilà: un oceano sterminato e variopinto di gomitoli. Un'immagine discutibile, certo. Comunque, poteva volerci molto a srotolare tutto il filo; magari tiri da una parte e si ingarbuglia dall'altro. E così, c'era gente che era andata da mio padre per venti, trent'anni, anche di più. Una volta alla settimana, in genere. Con la sensazione, vagamente vergognosa, di ripetere sempre le stesse solfe. Preparandosi all'appuntamento con l'analista, si vorrebbe essere Tex Willer, o Lucrezia Borgia. Ma la vita borghese va avanti, in genere, prevedibile come una scala mobile. Che cazzo deve succedere in una settimana? Eppure, quell'appuntamento può diventare la cosa migliore che hai fatto. L'anima ferita preferisce curarsi piuttosto che guarire? Be', forse non è scema. Forse i suoi dolori, quei colpi ricevuti dai pungoli affilati e invisibili che non smettono di tormentarla, rappresentano per lei anche la certezza di essere viva. Che alla fine è l'unica cosa che conta davvero, per tutto ciò che è vivo. Non c'è idea più stupida dell'interpretare tutte queste turbe come un passatempo per benestanti al riparo dalla necessità. Fin dove l'occhio riesce a spingersi nella notte dei tempi, sempre trova tracce evidenti di infelicità e di nevrosi: nelle favole più antiche, nelle pitture rupestri, addirittura nei più semplici utensili quotidiani. Anche nel più umile pezzo di selce affilato, nella scodellina scavata nel legno, c'è dolore, smarrimento, coazione a ripetere: in tutto risuona il pianto del neonato che si sveglia nel cuore della notte. E il senso della vita è un filo così fragile e sottile che quello di Arianna, in confronto, sembra una cima per ormeggi.

Mio padre, di conseguenza, aveva visto invecchiare, mentre invecchiava lui stesso, intere generazioni di nevrotici e nevrotiche: sempre lì, dietro la sua immensa scrivania, ad ascoltare sogni e a interpretarli, accarezzandosi i folti baffi sempre più bianchi. «Non ti immagini nemmeno che fatica, come ti senti *vuoto* alla fine di una giornata di lavoro» mi aveva confidato una volta, proprio lui che non esagerava mai, né aveva la tendenza a lagnarsi (a differenza dell'anima!). Proprio così: non stanco, né annoiato, e nemmeno intristito, ma vuoto – mi era balenata in mente, ascoltandolo, l'immagine di una scatola di cioccolatini in cui sono rimaste solo le carte. Al momento della sua morte era all'apice della fama: un mago di prima classe, rispettato anche dai vecchi nemici, venerato da allievi e pazienti come una volta si usava fare con gli esorcisti, i taumaturghi, gli aruspici, o certi santi chiaroveggenti e terapeutici della tradizione cattolica. Aveva accumulato conoscenze preziose, ma all'idea di sopravvivere attraverso i libri, come tanti suoi illustri colleghi, non aveva mai creduto davvero. Non era James Hillman, tanto per fare un esempio. Di libri in effetti ne aveva scritti parecchi, soprattutto dopo i sessant'anni, ma in uno stile legnoso, per pochi palati fini. Non vendevano nulla, e del resto i titoli non mostravano un minimo di furbizia commerciale. Nessuno in seguito ci ha chiesto di ristamparli. Ricevo ancora per posta certi rendiconti molto eloquenti. Per esempio:

DIRITTI D'AUTORE MATURATI AL 31/12/2020

TITOLO: *Saggi di critica neojunghiana*

Copie	0
Diritti di edizione	0,00
Vendite speciali	0,00
Cessioni	0,00
TOTALE DIRITTI	0,00

Non esiste cifra più tonda, più ricca di riposti significati metafisici, di uno zero accompagnato dai suoi zeri decimali, innumerevoli come gli atomi, come le stelle. L'addizione di questi zeri mi suggerisce, non so quanto arbitrariamente, un'idea di compiutezza e di regalità assolute. Il bianco perfetto della neve, come diceva quel grande. Credo che mio padre, come molti sapienti antichi e qualche moderno, non si sia mai fidato completamente della scrittura destinata a un pubblico indistinto. Considerati nella loro quantità equivalente all'infinito, i libri sembrano effettivamente custodire tutto il sapere umano; eppure, sono innumerevoli le cose che non si possono apprendere dai libri. Il tipo di conoscenze incarnato da mio padre era destinato, insomma, a dissolversi con lui. Chi racconta i sogni ai morti? Chi impara dai morti come si ascoltano i sogni? Come gli sciamani eschimesi e amazzonici, i druidi irlandesi, le celebri cartomanti russe, salpando per l'Isola dei Beati mio padre aveva esaurito la sua funzione, almeno in questa dimensione dell'esistenza, perché il suo lavoro, il fulcro della sua arte, non erano le teorie dei libri (che pure rispettava), ma la presenza fisica, il *vis-à-vis* con le anime ferite, e i loro proprietari e proprietarie. Da questi pochi accenni dovrebbe essere ben comprensibile come la sua casa, messa in vendita con troppa leggerezza, facesse ritrarre seduta stante le antenne sensibili dei possibili acquirenti. Non ne sapevano nulla, ma il subconscio è un radar potentissimo e infallibile. Il mago non c'era più, eppure le scorie del forno alchimistico e le esalazioni degli alambicchi veleggiavano nella penombra, strisciavano sulla moquette. Psiche è terribile: una donna bellissima, facciamo pure la più bella di tutte le donne, che muovendosi però si lascia dietro una specie di schifosa, imbarazzante bava di lumaca, per non dire di peggio. Come fosse un'entità autonoma, dotata di intenzioni personali, quel residuo di energie fuori corso respingeva ogni possibile nuovo proprietario. E io, mentre facevo da scorta ai visitatori, enumerando i pregi della casa, come mi aveva istruito l'agente immobiliare, avevo cominciato segretamente a tifare per lei. Godevo del malessere di quelli che cominciai a considerare degli invasori più che dei possibili compratori. Cosa voleva Psiche, che la casa rimanesse in famiglia? E a che scopo? La carriera di mio padre aveva strette analogie con il teatro: quell'arte di cui, come si sa, non rimane nulla, che si volatilizza appena spento l'ultimo applauso, lasciandosi dietro le quinte scolorite, il sipario impolverato, i copioni ormai privi di senso. La casa, come quegli anelli delle favole che tornano immancabilmente in mano ai loro proprietari anche dopo essere stati gettati in fondo al mare, era sempre lì, invenduta. Abbiamo persino abbassato il prezzo, ma i visitatori offrivano ancora meno, più per vedere come andava a finire che per reale interesse. Una notte ci andai a dormire perché un alto ufficiale dei Carabinieri aveva preso un appuntamento la mattina presto. Era scomoda e fredda, e le pareti spoglie riflettevano la luce vivida e desolata di un paio di lampade sopravvissute allo sgombero. Steso su un giaciglio improvvisato sulla moquette, avevo iniziato a immaginare come sarebbe stato vivere in quel luogo così impregnato di misteri. Sul momento mi sembrò una condizione più allegorica che concreta, come uno che decidesse di abitare un luogo emblematico e araldico, che ne so, la Grotta Azzurra o la Torre di Londra. Non avevo nessun motivo di ordine razionale per caricarmi sulle spalle quella proprietà. Stavo benissimo dove stavo, in affitto, al centro, nel cuore del vecchio Ghetto, in un palazzo rossiccio costruito nel Quattrocento, così pieno di spettri che di notte, se mi alzavo per pisciare, avevo la sensazione che ci fosse la fila davanti al bagno, come a una festa. E invece gli spettri, è risaputo, disertano gli studi degli psicanalisti, cosa che li rende straordinariamente desolati quando cessa l'attività. Anche la casa di Freud a Londra è agghiacciante, nonostante i bei mobili, i tappeti e i ninnoli egiziani e babilonesi nelle vetrine. Se volete fare l'esperienza di quello che si dice «un silenzio assordante», visitatela. Quella di Vienna poi, molto più spoglia, sembra un ambulatorio per tossici. Comunque, il generale dei Carabinieri, che cercava un appartamento per una figlia che si sposava, diede una rapida occhiata, lamentò la presenza di un solo bagno, osservazione ben degna di un rappresentante delle forze dell'ordine, e se la diede a gambe levate come tutti gli altri. Ma ormai, quella notte, un proposito fino ad allora oscuro aveva preso forma dentro di me. La casa di mio padre sarebbe diventata casa mia. L'idea, formulata per gioco, in poche ore di insonnia si era trasformata in una certezza. Quando manca una vera ragione per fare qualcosa, fateci caso, quella cosa diventa facilissima da realizzare. Le forze che governano il destino prediligono apparentemente l'inutile e l'arbitrario. Avevo dei risparmi, e in qualche modo riuscii a mettere insieme i soldi necessari per comprare a mia sorella la sua parte dell'eredità. In pochi giorni diventai il legittimo proprietario di novanta metri quadri di un'orribile moquette sdrucita, e di tutto il resto. Psiche, la gelosa damigella, sembrava soddisfatta. Il generale dei Carabinieri era stato l'ultimo oltraggio. Ora poteva continuare a impestare indisturbata, fuori controllo, gli angoli più riposti della casa. Quanto a me, evidentemente avevo realizzato un oscuro disegno, di cui mi sfuggivano sia la forma generale che i dettagli. Non ero forse, in tutti i sensi, un uomo libero? La libertà alla fine della fiera è la cosa meno libera che esista al mondo. Perché noi non sappiamo mai, mai, quello che vogliamo. Per tutta la vita pensiamo di volere delle cose e invece ne vogliamo altre. Questa è la caratteristica fondamentale che ci distingue dagli altri animali, più ancora del riso o del linguaggio. E il non sapere esattamente ciò che si vuole deve essere per forza la conseguenza di un potente istinto di conservazione. Tanto è vero che nemmeno mio padre, nemmeno i più illustri guaritori della storia, avevano mai potuto mettere impunemente le mani sul meccanismo umano dell'inconsapevolezza: modifica disabilitata.

Il trasloco fu semplicissimo, come si svolgono i traslochi nei film. Del resto, non mi è mai interessato possedere nulla di particolare; l'unica cosa materiale a cui attribuisco valore sono i soldi, e quelli stanno saggiamente in banca, non esistono più nemmeno in concreto. Vennero al Ghetto tre rumeni, uno più ubriaco dell'altro, e come se l'alcol li avesse trasformati in tre efficientissimi geni della lampada, impacchettarono e sollevarono senza sforzo apparente tutto quello che possedevo, e nel giro di un paio d'ore eccomi stabilito in casa di mio padre, circondato da casse di cartone di vario formato. Mi ero congedato dagli spettri del venerabile palazzo del Quattrocento con un piccolo rito privo di senso, seppellendo la chiave del mio appartamento nella terra di un vaso sul pianerottolo. Starà ancora lì a coprirsi di ruggine. Speravo di non pentirmi di quel trasferimento deciso nel giro di una notte. Mi sentivo sul punto di compiere una specie di missione che non avrei saputo definire, pur essendo l'unico in grado di portarla a termine. I rumeni mi chiesero dove volessi sistemare il letto appena comprato, e tra varie opzioni scelsi una stanzetta in fondo al corridoio che mio padre usava come sala d'aspetto. A volte lo avevo atteso anche io lì, quando passavo a prenderlo per andare a cena fuori, sfogliando una serie di libri fotografici che teneva su un tavolino di fronte al divano, *Le grandi distese selvagge* – ogni volume della serie dedicato a luoghi remoti e disabitati come la Patagonia, la Siberia, il Sahara. Nel suo anonimato, nella sua apparente mancanza di eccessive incrostazioni di memoria, quella piccola stanza quadrata mi sembrò una specie di campo base buono per prendere confidenza con gli altri ambienti, ben altrimenti carichi di significati.

Mentre mi adattavo al nuovo spazio, esercitandomi a definirlo «casa mia», rimuginavo, come credo che sia abbastanza naturale, sugli ultimi giorni di mio padre e sulla sua morte. Era arrivato a un'età abbastanza venerabile da rendere difficile stabilire cosa, esattamente, lo avesse ucciso. C'era stato il solito femore, ma probabilmente la caduta era più una conseguenza che una causa. Mio padre, diciamo, fu abbattuto dai suoi anni: ognuno viene al mondo con una certa capacità individuale di sopportare il peso del tempo, e la sua si era esaurita. Una volta, durante la grande tormenta che cadde su Roma nel 1985, avevo visto un enorme pino crollare sotto i quintali di neve che si erano ammassati sul suo ombrello di rami. Proprio in quel momento, stavo guardando fuori dalla finestra, incantato dal passaggio dei fiocchi nell'alone dei lampioni, e quel grande albero si era letteralmente accartocciato su sé stesso, finendo riverso in mezzo alla strada, producendo solo un lievissimo rumore attutito dalla neve – uno schianto soffice, per così dire. Una cosa simile era accaduta a mio padre. Ma prima di esaurire il soffio vitale trascorse un paio di mesi fermo sull'orlo dell'ultimo precipizio, indeciso se spiccare il salto. Giorno dopo giorno, manifestava maggiori segni di stanchezza e di rassegnazione. Soprattutto, raggiunse in fretta una condizione di assoluto distacco: la porta del suo leggendario retrobottega questa volta si era chiusa per sempre, e lui non sarebbe più tornato indietro a ricevere qualcuno. Gli stavamo vicini, cercando di interpretare cosa gli facesse piacere, ma non voleva più nulla, se non quello che aveva sempre chiesto al mondo: essere lasciato in pace. Smise di parlare, di rispondere. Ci guardava come se ci mettesse a fuoco da una distanza priva di memoria. La via del ritorno era perduta. Mentre la morte lo stringeva fra i suoi artigli, una potente forza centripeta lo aveva sprofondato in sé stesso. Non potevo fare a meno di pensare che quello stato di prostrazione terminale rendesse evidente la natura profonda, la quintessenza di un uomo così capace di fare a meno della compagnia del prossimo. Negli esseri umani, e forse in tutti gli esseri viventi, è impossibile determinare esattamente il confine tra l'interiore e l'esteriore: ciò che sta dentro e ciò che appare all'esterno sono fatti della stessa pasta porosa e deperibile, tutto si rispecchia e tutto si assomiglia. Ebbene quell'uomo, che forse si era lasciato alle spalle anche l'ultimo ricordo, prima di andarsene stava rivelando con tutto il suo essere fisico e psichico la propria inclinazione predominante: sembrava la statua allegorica della solitudine. E la necessaria dipendenza dagli altri, negli ultimi giorni della sua vita, non faceva che rafforzare, in virtù di un paradossale contrasto, l'impressione di autocratica sovranità che aveva sempre suscitato in chi lo conosceva. L'estrema prostrazione, l'agonia che sembrava una forma definitiva di meditazione e di scioglimento dei nodi, certificavano che era stato un animale della specie più nobile, quella selvatica. Avevamo assoldato un badante indiano, non ricordo bene da dove spuntò fuori questo tipo assurdo, un tamil di fede cattolica, né simpatico né antipatico, che ben presto si rivelò una specie di irritante mitomane. Era arrivato in Italia da poco e vantava conoscenze esoteriche e omeopatiche di grande efficacia all'approssimarsi della fine. D'istinto, mi sembrava più un imbecille in buona fede che un ciarlatano interessato. Anche quando propose a mia madre, dopo che tutto fu finito, di rimanere con lei ed eventualmente sposarla, lo fece da perfetto galantuomo, senza insistere. Una sera mi mostrò, con un'aria adeguata di solennità e mistero, una statuetta di plastica della Madonna con un tappo svitabile alla base. Quell'arcana bottiglietta conteneva un liquido maleodorante e vischioso. Si trattava dello stesso aroma che da tempo emanava da mio padre e dalle sue lenzuola. Evidentemente l'indiano lo aspergeva regolarmente di quella schifezza oleosa, che sembrava trasformarlo in una specie di noce moscata morente. Male, a quel punto, non poteva fargli. Questo tizio, come tutti gli imbecilli, filosofeggiava in continuazione sul senso della vita, bastava dargli corda un attimo e ti trovavi immerso nella sua lungimirante metafisica e nella sua enciclopedica casistica morale. Un'altra caratteristica tipica di queste persone è un grado tanto eccezionale quanto inutile di empatia. Capiva tutto quello che ti passava per la testa e si riteneva in grado di captare qualunque minimo segnale mio padre inviasse dalla sua lontananza. Sosteneva di avere appreso da sua nonna poteri di tipo telepatico. Me lo immaginavo bambino, in un cortile di Madras, al cospetto di una vecchia smilza e sdentata intenta a insegnargli i primi rudimenti della lettura del pensiero, magari facendolo esercitare con una gallina. E che succede là dentro, gli chiesi una volta accennando alla testa di mio padre, mentre gli rimboccavamo le lenzuola appena cambiate. Paura di morte, mi rispose. *Fear of death*, ribadì variando lingua. Be', che cazzo di risposta, pensai, ci voleva il guru per diagnosticare paura di morte. Quell'uomo aveva il potere di infastidirmi. Mi sembra strano, gli risposi sgarbatamente, ha ottantasette anni, è un grande saggio, è sempre stato un uomo coraggioso. Questo è vero, ammise, ma paura di morte più forte. Lui lascia dietro sé *many things...* Come dite italiano? Quando cose stanno in aria... la mano mimò un'oscillazione nell'aria, una foglia secca che veleggia nella brezza senza decidersi a cadere per terra. Cose sospese? suggerii. Sì sì, questa è parola giusta: *sospese.*

Al momento della morte, eravamo io e l'indiano assieme a lui. Dormivo lì in quei giorni, su un divano del salotto, e venne a svegliarmi perché aveva riconosciuto nel respiro di mio padre, sempre più affannoso e irregolare, gli ultimi rantoli dell'agonia. Aveva ragione. Non so bene perché, decisi di non svegliare a sua volta mia madre, risparmiandole il momento della fine. Era l'alba di una mattina all'inizio di un marzo ancora freddo. Il problema dei cosiddetti momenti supremi è che non ricordiamo di aver provato nulla in particolare, vivendoli, o perché avevamo già provato abbastanza prima, o perché il presente, a volerci piantare i piedi, è più scivoloso di una lastra di ghiaccio. Quando diciamo che viviamo solo nel presente, ci convinciamo di qualcosa di apparentemente logico e dotato di una certa nobiltà, ma la realtà è più mesta e difficile da accettare, perché le nostre radici non attecchiscono mai lì effettivamente, e a parte qualche asceta e illuminato, la vita delle persone comuni trascorre, almeno da che è finita l'infanzia, nell'anticipazione o nel rimpianto. Per questo motivo l'esperienza, che dovrebbe essere il bagaglio più sicuro e affidabile che ci portiamo dietro, è piuttosto una cosa ambigua e scoraggiante; da un lato, l'immaginazione erode i fatti ben prima che si verifichino; dall'altro, possiamo ipotizzare il significato di quei fatti solo quando ormai appartengono al passato, proprio come quegli idioti che capiscono una barzelletta qualche giorno dopo averla ascoltata e ridono tra loro. Posso riferire che mio padre letteralmente morì tra le mie mani: ancora respirava rumorosamente mentre gli sollevavo la nuca per sistemarlo meglio sul cuscino, e pochi secondi dopo – stavo cercando di sostenerla con delicatezza – quella testa era diventata un *peso morto* (mai modo di dire mi era apparso più aderente al fatto in sé). Più che la morte in senso stretto, è la gravità a impossessarsi completamente degli individui quando arrivano alla fine. L'aria era satura dell'odore dolciastro dell'unguento taumaturgico dell'indiano, che a quel punto sembrò perfettamente adeguato alla circostanza.

Uno dei motivi che mi hanno spinto all'acquisto della casa e all'improvviso trasloco è sicuramente il fascino esercitato su di me dall'enorme scrivania di mio padre. I seguaci di Carl Gustav Jung non hanno mai ritenuto utile propiziare le libere associazioni dei pazienti usando un lettino, questo è risaputo; e del resto, Sigmund Freud era un neurologo all'inizio della carriera, abituato per ovvi motivi a esaminare gente sdraiata. Ormai la maggioranza dei guaritori delle varie scuole, compresa la freudiana, preferisce lavorare alla scrivania. Il paziente da una parte, il medico dall'altra del ripiano, e in mezzo – a reggere il moccolo – la Verità, la dea insaziabile, con i suoi occhioni sempre sbarrati, più bella che intelligente. Ci si potrebbe anche adattare a sedersi uno di fronte all'altro, a una giusta distanza, senza nulla in mezzo, come si vede spesso nei film americani per comodità di inquadratura: il guaritore con la penna in mano e un taccuino per gli appunti poggiato sulle gambe, e il paziente libero di vuotare il sacco, invisibile ma voluminoso, dei fatti suoi. Incredibilmente simili, questi fatti, a quelli degli altri, ma pur sempre *suoi*, qui sta il bello: e dunque percepiti come unici, inauditi, catastrofici. Del resto, è proprio per questo che l'infelicità è sempre in agguato: nel singolo individuo, non importa quanto striminzita e insignificante sia la sua esistenza, transita tutto l'universo, come il cammello del Vangelo nella cruna dell'ago, e mentre supponiamo di patire sotto il peso di chissà quale storia personale è l'universo che si duole in noi, che siamo tutti l'eco indistinta di schianti di meteoriti e agonie di dinosauri. In ogni modo, tutti i processi di cura implicano un'idea dello spazio, e di una situazione umana che si verifica periodicamente in quello spazio. Non sono dettagli secondari. La scrivania, nella sua rassicurante banalità, è un'ottima soluzione. Il ripiano di quella di mio padre era sgombro (è sempre stato un uomo ordinatissimo); a parte il telefono, pochissime carte ben impilate e per fermacarte, negli ultimi anni, una mano di Buddha in bronzo, con il fiore di loto schiuso in mezzo al palmo benedicente: un regalo che gli avevo portato da un viaggio in Cambogia. Ero fiero di aver conquistato un posto in uno spazio tanto asettico. Sono stato lì davanti, dal lato dei pazienti, per molte ore, nel periodo in cui gli ho fatto una lunga intervista da cui avrei ricavato un libro. Era già arrivato oltre gli ottant'anni, e avevo dovuto faticare molto per convincerlo a quel lungo interrogatorio registrato. Non più di un'oretta ogni seduta: la chiamava «la tortura». Il mio proposito era far venire fuori il suo pensiero in una forma fedele ma seducente, seguendo il filo della sua vita e delle sue esperienze («però non trasformare il tuo vecchio padre in un personaggio *proprio* comico» mi pregò). E dunque, acceso il registratore, mi piazzavo sulla comoda poltrona dei pazienti; questa poltrona era girevole, mi spiegò, perché a volte qualcuno poteva desiderare di guardare da un'altra parte, magari per farsi un bel pianterello fissando le ombre sul muro del palazzo di fronte, con i suoi scuri festoni di edera. Questa delicatezza era un suo tratto inconfondibile; accanto al telefono, c'era sempre una confezione di fazzoletti, uno dei ferri indispensabili del mestiere. La teneva su una copia ingiallita e malridotta dell'*I King*. Ovviamente da quel punto di osservazione il suo ambiente di lavoro si riduceva a un'immagine, un ingannevole film muto. Cosa davvero facesse coi pazienti, con le anime ferite, questo potevano saperlo solo loro, e non è nemmeno possibile stabilire se si comportasse allo stesso modo con tutti. Ho sempre subito il fascino di quella spropositata scrivania, quel venerabile e ligneo animale geometrico a forma di L. È così intrasportabile che deve essere stata montata lì, nel posto dove è sempre rimasta, con le gambe che nel corso del tempo avevano scavato dei profondi solchi quadrati nella moquette. Sotto il ripiano è dotata di un numero sconcertante di cassetti, sportelli, ripostigli: ci si potrebbe stipare un intero archivio, ci entrerebbe una mucca tagliata a pezzi. Oggi non c'è praticamente nulla, perché io conservo questa scrivania solo come un ingombrante cimelio, un monumento alla memoria. Ci ho sistemato sopra dei quaderni, dei libri, un portapenne, che se ne stanno lì a prendere la polvere, ma non ci lavoro mai, mi mette a disagio; scrivo e leggo sul divano, o sul letto, e ovviamente non devo curare nessuno. È il pezzo più notevole – non fosse altro che per le dimensioni – del *museo di mio padre*: una bizzarra congerie di oggetti di cui sono diventato il curatore e il custode, e di cui queste pagine sono una specie di catalogo ragionato.

Scriveva sempre, tutti i giorni, con la sua bella calligrafia puntuta: un corsivo così ordinato, così esattamente ricorrente nelle sue forme, da dare l'idea di un carattere stampato, di tipo gotico. Per completare questo effetto da Bibbia luterana nascondeva metodicamente le cancellature con delle minuscole etichette adesive, sulle quali poi riportava la parola giusta. L'effetto era di un'inappuntabile bella copia, fatto abbastanza assurdo per un documento di carattere privato. Quaderno dopo quaderno, anno dopo anno, ne aveva accumulati centinaia. Non fosse stato per mia sorella, che li ha raccolti e ordinati, avrei completamente sottovalutato una traccia così importante. Sfogliandoli di fretta, mi ero fatto l'idea che fossero appunti di lavoro, di studio; abbozzi di teorie e ampi estratti dei libri che studiava. Mi sbagliavo di grosso. In quei quaderni c'era di tutto: un'infinità di sogni (si può dire che mio padre *sognava bene* come si dice che qualcuno mangia o dorme bene) e le loro associazioni; episodi di vita familiare; ricordi; ritratti di persone incontrate; meditazioni morali e filosofiche. Si vigilava costantemente, nel tentativo di portare alla luce dell'interpretazione attendibile quel mulinare sordo e indistinto di desideri e paure che per tutti noi equivale alla percezione della vita in sé e per sé. Non so se si possa considerare auto-analisi un tale esercizio, o addirittura una forma di terapia. Di sicuro, quando mio padre decideva di scrivere su qualcosa, fosse anche una gita in campagna, sviscerava l'argomento, considerandolo sotto ogni punto di vista. Spesso i diari sono pieni di annotazioni così insignificanti da risultare misteriose: nomi di luoghi e persone, cose viste o mangiate, titoli di libri e film; circostanze che finiscono per suggerire l'idea – paradossale, pensando a un diario – che in realtà non succeda mai nulla di importante, e che quello che ci preoccupa oggi domani sarà difficile anche solo ricordarlo. Così funziona il tempo, come un mare in burrasca che deposita i suoi detriti sulle spiagge dell'esistenza, senza curarsi del loro ordine e significato. Ebbene, non c'è nulla di tutto questo nei quaderni di mio padre. Se sceglieva un qualunque argomento, lo faceva perché per lui era necessario andare a fondo, spremerne qualche tipo di succo. Non si arrendeva alla sostanziale, irrimediabile incomprensibilità della vita, alla tirannide dell'insensato, e non perché avesse fede in un ordine nascosto sotto l'evidenza del caos, in un disegno provvidenziale; pure ammettendo che l'assurdo sia la potenza che finisce per prevalere in ogni cosa, come non riconoscere la possibilità di opporvi una forza contraria? Scrivere indefessamente acuiva quelle enormi capacità di empatia e attenzione che certamente mio padre possedeva, ma che era così difficile attribuirgli limitandosi a osservarlo dall'esterno. Anche quando non si asserragliava nel retrobottega le sue reazioni alla pressione del mondo erano celate da un impenetrabile velo di ritegno, cortesia, ironico distacco. E quei quaderni, quella moltitudine di pagine che ogni giorno trovava il tempo e il modo di accrescere con la sua scrittura rimasta pressoché identica negli anni, erano un esercizio di consistenza – non saprei come altro definirlo – al quale non poteva rinunciare. Ne ho letta una minima parte, risalente alla primavera e all'estate del 1977, e mi è venuto in mente *Un oscuro scrutare* di Philip K. Dick: il protagonista, un poliziotto infiltrato in una comunità di tossici di Los Angeles, viene incaricato dai suoi superiori, che non conoscono la sua vera identità, di spiare sé stesso. Ovviamente, in questo modo si realizza una terribile scissione, come se il lobo destro e quello sinistro dello stesso cervello non collaborassero più, prendendo ognuno la propria strada. In maniera analoga mio padre ha tutta l'aria, in questi suoi quaderni, di rendersi pienamente conto di quello che ha vissuto nell'immediato passato solo mettendosi a scrivere, e osservandosi dall'esterno come si osservano gli altri. Rimediava in questo modo a quello che agli occhi degli estranei poteva sembrare uno stato di perenne distrazione – ma non è la parola esatta.

Moltissimi altri quaderni e album di vario formato erano destinati a un'attività parallela alla scrittura, ma altrettanto quotidiana e indefessa: disegnare. Come trovava il tempo? Perché non era facile eseguire quelle composizioni geometriche e circolari, simili a prismi o a fiori essiccati. Soprattutto, non era facile produrne così tante. Complessi schemi concentrici che esigevano mano ferma e dosi praticamente illimitate di pazienza. Prediligeva le penne a china dal tratto sottile, e a volte, quando si sentiva insoddisfatto del bianco e nero, usava i pennarelli per riempire gli spazi bianchi creando delicate simmetrie di colori complementari. A osservarli attentamente tutti questi disegni producono un lieve effetto ipnotico, la sensazione di procedere verso il loro interno, in direzione di un centro vuoto. È come una leggera vertigine, propizia al dissolversi dei pensieri. A una finalità del genere, comunque, questi disegni mi sembrano palesemente legati. Non che non siano belli, ma la loro bellezza è come un effetto secondario, accidentale, scarsamente calcolato. Piuttosto, sono la traccia di un'attività opposta e complementare a quella dei quaderni. Scrivendo, mio padre rimediava a una mancanza di percezione diretta e immediata della vita; disegnando, andava nella direzione contraria: quella dell'evaporazione della coscienza di sé e del mondo. Queste composizioni circolari, insomma, sono il risultato, la traccia di una pratica di meditazione molto affine a quella implicita nei mandala tibetani. Sono manifestazioni visibili di processi interiori invisibili: non meno eloquenti, a saperli decifrare, della scrittura. Tutto ciò che occupa la mente, quel groviglio di pulsioni e desideri che definiamo l'Io, non è il nostro vero centro; disegnare un mandala significa liberare uno spazio usurpato dall'abitudine e dalla paura, sottrarsi agli schemi di pensiero che nel tempo diventano la nostra gabbia, continuando a ripetersi anche dopo aver perduto la loro efficacia. Il mandala, sostengono molti studiosi, tra i quali lo stesso Carl Gustav Jung, detronizza l'Io, lo espelle dal centro della composizione, lo spinge verso il margine. Ciò significa, suppongo, che in quello spazio liberato non c'è più la paura della morte, e forse nemmeno la nozione della morte. Da questo punto di vista, i disegni e i quaderni di mio padre possono essere considerati come i due poli di un potente campo magnetico. La consapevolezza della morte è come il centro di ogni tipo di scrittura, e in particolare di quella autobiografica. Si potrebbe arrivare a dire che di qualsiasi cosa apparentemente parli la scrittura, questo muco dell'Io, il suo unico argomento reale è la morte. L'Io è il suddito fedele, il premuroso paggio della morte. Scrivendo, mio padre eseguiva ogni giorno i suoi salutari esercizi di mortalità. Disegnando, cambiava esercizio, così come in palestra si passa dai pesi per i bicipiti alle flessioni per gli addominali, e raggiungeva l'altro polo, intravedeva quel mondo senza Io che di fatto è un mondo senza morte. Andava e tornava, perché un guaritore, in fondo, è un uomo capace di essere e di non essere. Mi sono convinto, con profonda stima e commozione, che il motivo per il quale si sobbarcava queste due fatiche opposte e complementari fosse la necessità di *tenersi in forma*, perché è così che si rispetta la propria arte, non confidando mai nell'illusione di possedere un talento, di avere accumulato un capitale. Un'arte, qualsiasi arte, è una cosa che non devi mai pensare di possedere, di avere imparato. Se la sottovaluti, se non la onori abbastanza, va da un'altra parte come un gatto stizzito. Solo i cretini si ritengono bravi a fare qualcosa, e l'unica strategia sensata è badare a te, non fidarti delle tue capacità e di quello che dicono gli altri, rifare daccapo gli esercizi.

Proprio poche settimane prima che si ritirasse definitivamente all'interno di sé stesso come un soldato che, esaurite le munizioni, aspetta il proprio destino asserragliato nell'ultima roccaforte, un gruppo di suoi studenti di Formia, dei tempi in cui insegnava storia e filosofia al liceo, aveva progettato una piccola cerimonia in suo onore. Quando mi coinvolsero per organizzare la cosa, trovai l'idea così gentile e a suo modo poetica che ho accettato volentieri di collaborare, prima di tutto convincendolo, e poi accompagnandolo a Formia, pregando tra me e me che quel giorno fosse d'umore abbastanza ricettivo, o che almeno desse segno di capire perché era lì. Il fatto è che lui amava solo lavorare, e considerava ogni occasione anche minimamente ufficiale alla stregua di una minaccia, di un agguato. Molte persone importanti, soprattutto quando arrivano a una certa età, tendono a declinare gli inviti, ma amano pure farsi invitare. Anche quelli a cui piace definirsi «orsi»: azzardatevi a privare quei sedicenti plantigradi dell'attenzione che gli spetta e li ucciderete crudelmente. Lui no: quando diceva che voleva essere lasciato in pace e dimenticato era sincero. In una delle rare interviste che aveva rilasciato a un giornale, gli avevano chiesto qualcosa su di me, e aveva risposto che, via via che invecchiava, io ero diventato sempre più «protettivo» nei suoi confronti. Non so come gli uscì la parola, ma ne fui molto felice, questa storia di *proteggerlo* mi riempiva di orgoglio. In realtà negli ultimi tempi spesso ricevevo delle telefonate di organizzatori di convegni scientifici che avrebbero fatto carte false per una sua conferenza, o di redattori e conduttori di programmi che lo volevano in tv. Come in seguito ci fu l'epoca dei virologi, e poi quella degli esperti della Russia, in quel momento in tv imperversavano i dietologi e gli psicologi. E torneranno, perché la gente magna e soffre, soffre e magna. In confronto i sessuologi sono gente di nicchia, il sesso desta pochissimo interesse nella popolazione adulta dei paesi benestanti, è totalmente ignorato dai più giovani e dai più vecchi. Dunque, lo desideravano ardentemente: a spiegare la depressione, o l'ansia, o magari quello che i Greci intendevano per follia. Io promettevo di intercedere, ma non ci fu mai nulla da fare («cosa vuoi che imparino da un vecchio rincoglionito? Digli che guarderò volentieri il programma da casa!»). Lo ammiravo anche per questo, sentiva di non avere niente da dire. L'uomo saggio *non nutre opinioni.* O le tiene per sé, come puzzette mollate sotto le coperte. Ma questa storia degli ex allievi del liceo di Formia, intitolato a Vitruvio Pollione, che volevano incontrare il loro professore, mi era sembrata così disinteressata, così conciliabile con la sua ritrosia, che esercitai tutti i miei (peraltro scarsi) poteri di persuasione, e questa volta la spuntai («dai papà, ti vogliono bene, si vede che sono brave persone, in questo mondo di merda chi si ricorda più del vecchio professore di storia?» – «però devi dirgli assolutamente che *non possiamo* rimanere a cena, promettimelo!» – «va bene papà, giuro, ma poi avremo fame» – «mangeremo un panino *io e te*, mentre torniamo! Ce ne saranno di *buonissimi* alla stazione di Formia!»). Mio padre aveva insegnato a Formia nel dopoguerra, riscattandosi dalla miseria più nera che lo aveva costretto a lavori faticosissimi come l'attacchino; da quei tempi gli ex allievi – solo di poco più giovani di lui – lo avevano ricordato come una presenza positiva nella loro vita, qualcuno che li aveva aiutati a orientarsi. Consideravano una fortuna averlo incontrato in un momento tanto delicato e inaugurale della loro esistenza. Quanto a lui, fu un periodo felice. Finalmente, dopo la fame e lo smarrimento del primo dopoguerra, quel lavoro di insegnante gli aveva procurato la tranquillità di uno stipendio sicuro, di un'esistenza incanalata su dei binari accettabili. Si era trovato un piccolo appartamento abbastanza in alto sulla collina, con le finestre che davano sul mare; più in basso, sul declivio, si vedeva una piccola casa abbandonata, che gli ricordava una poesia di Montale. A quel periodo e a quella casa sono legate delle esperienze interiori decisive per il suo futuro. Proprio lì, in quella situazione di tranquillità e normalità lungamente agognate, aveva avuto la sensazione di essere attraversato, o visitato, o invaso, da immagini provenienti dall'inconscio. Visioni con le quali dialogava, rivolgendosi a una specie di personificazione dell'energia dell'inconscio dotata di caratteri sia positivi che negativi. Erano allucinazioni? Definirle, tutto sommato, è la cosa meno importante. Possiamo dire che in quei momenti un essere umano capisce di sapere molte più cose di quelle che credeva di sapere. Quando l'onda della visione si ritirava, mio padre cercava di scriverne qualcosa, sperimentando la frustrazione dei mistici di tutti i tempi, costretti ad accontentarsi di resoconti inadeguati, di pallidi surrogati verbali dello stato di illuminazione perduto. Bene, un pomeriggio piovoso di novembre eravamo sul malandato trenino regionale per Formia; purtroppo papà era asserragliato alla grande nel retrobottega. Pace. «Lo sai com'è fatto». Con l'andare del tempo, assomigliava sempre di più a Ian McKellen, quel bravissimo attore inglese che ha – guarda caso! – il ruolo del mago Gandalf nel *Signore degli Anelli*. Gandalf il Grigio, che dopo una interminabile lotta con un mostro degli abissi diventa Gandalf il Bianco. Anche mio padre aveva sicuramente completato il processo trasformativo; per come lo vedevo io, poteva benissimo essere nato già bianco. Ma come Gandalf, quando non aveva voglia di parlare stava zitto. Contemplò le rovine dell'acquedotto romano che sorveglia come un colossale millepiedi di pietra la via Appia e la ferrovia che le scorre parallela, poi chiuse gli occhi: non per dormire, ma come per fare un po' d'ombra nel suo rifugio atomico. Qualcuno ci è venuto a prendere alla stazione e in macchina abbiamo raggiunto il vecchio liceo. Mi sono rapidamente rilassato perché i suoi ex allievi (tutti maschi, non c'erano ancora classi miste) sapevano benissimo con chi avevano a che fare. In effetti non sembrava che fossero passati più di cinquant'anni dall'ultima volta che lo avevano visto, ma che stessero tornando in classe alla fine della ricreazione. Tutto si è svolto nella migliore delle maniere, in modo allegro e familiare. Curiosamente, in molti dei ricordi degli ex allievi c'era uno schema. A un prete, che poi aveva fatto la sua bella carriera, diventando vescovo o giù di lì, mio padre aveva sconsigliato di entrare in seminario: come poteva essere sicuro della sua fede così giovane? Un altro aveva scritto dei libri storici importanti, dettagliate monografie sulle colonie ebraiche del litorale tirrenico, e mio padre gli aveva detto che la Storia non era il suo forte. Ma si erano confidati, mi venne da pensare, e lui li aveva ascoltati *mettendosi nei loro panni*. E questo è molto più importante di qualsiasi buon consiglio, perché purtroppo gli unici consigli veramente buoni sono quelli che ti sai dare da solo, magari qualcuno ci potesse dare un consiglio! Proprio di questo quegli uomini incanutiti, che probabilmente avevano trascorso vite abbastanza dure e monotone, come capita alla maggior parte degli uomini, a Formia come nel resto del mondo, proprio di questo avevano conservato un ricordo vivido per tutti quegli anni. All'improvviso, come se fosse appena sbarcato dalla Luna, Gandalf tornò tra i suoi simili: lo osservai riconoscerli a uno a uno, connettersi al filo dei discorsi. La Grande Catena dell'Essere lo riafferrò nel suo movimento, in tempo per partecipare a quella cerimonia abbastanza informale e sentirsi a proprio agio. Conservo ancora il regalo che gli fecero, una bella stampa ottocentesca del golfo di Gaeta con i bastioni angioini e alcuni contadini a dorso d'asino. Ma era stanco, povero papà, e appena riprendemmo il treno ritornò in orbita. Mi resi conto che ormai viveva quasi sempre lì. E certo gli ex studenti lo avevano risvegliato, così come sicuramente accadeva con i pazienti e gli allievi, se ancora ne vedeva qualcuno a quel punto. Che con me non si ponesse il problema, era una cosa che mi riempiva di una meritata felicità: facevo parte dello staff. Non è necessario sottolineare che tra i due mestieri esercitati da mio padre, professore e guaritore, ci sono molti punti di contatto, così come entrambe le professioni sono imparentate a quella dell'attore di teatro. Nel caso di mio padre, mi sembra evidente che si sia trattato della stessa vocazione, perfezionata nel tempo. Professore-guaritore. Guardavo il riflesso del suo volto sul finestrino rigato dalla pioggia e aperto sull'umida notte laziale di mezzo autunno; raddoppiato dal vetro, l'enigma che lo riguardava mi appariva persino più difficile da sciogliere. Ma io lo amavo, e per me amare significa accettare l'enigma di una persona in quanto tale, non sono venuto al mondo per sciogliere nodi o scovare tesori. Forse quando aveva detto a quel giornalista che lo proteggevo, alludeva proprio a questa mia rinuncia a conoscerlo, a scavare in quella terra venerabile. Quello è stato il suo ultimo viaggio, ne sono sicuro perché pochi giorni dopo è caduto e ha iniziato a stare male. Ed è bello che sia stato proprio quello, l'ultimo viaggio, e che l'abbiamo fatto insieme. Mentre il trenino semivuoto arrancava verso Roma, tra una fermata e l'altra in piccole e sinistre stazioni deserte spazzate da raffiche di vento e pioggia, ho capito una cosa che non avevo mai realizzato pienamente: proprio perché possedeva quel nucleo di estraneità che ormai si stava impossessando totalmente di lui, mio padre era stato un grande analista, e se è per questo anche un grande professore di liceo. Forse non c'era un'anima più ferita di lui in tutto l'universo: e ogni volta che rileggo le parole del grande poeta, «l'anima è straniera sulla terra», è a lui che penso. Se è straniera, non sa la strada, e questa di per sé è una cosa buona, perché non c'è nessuna strada da insegnare al prossimo, chi insegna strade è sempre un imbroglione; ma soprattutto, se è straniera non è mai interamente qui, una parte di sé manca all'appello, è rimasta nel posto da dove è venuta e dove non sa ritornare. E con questo tocchiamo un punto decisivo: cos'è la ferita, cos'è la malattia dell'anima se non la menzogna, l'illusione fatale di appartenere completamente a questo mondo, di non provenire da nessun'altra parte?

Nei primi giorni che l'ho abitata la casa di mio padre, che era diventata mia con tanto di atto notarile, mi diede l'impressione di essersi effettivamente ammansita, come se avesse compreso che non c'era più bisogno di respingere eventuali compratori. Il figlio del mago avrebbe vegliato fino alla morte sulla sua Grotta: forse Psiche amava questa storia vagamente wagneriana. La grande scrivania torreggiava nel disordine. Non mi decidevo a svuotare gli scatoloni del trasloco, a sistemare i libri negli scaffali vuoti di mio padre e i vestiti negli armadi. Diciamo che mi ero accampato, forse nell'attesa di capire se avevo commesso un errore trasferendomi lì, spinto da quello che ora mi appariva come un impulso momentaneo su cui avrei dovuto riflettere maggiormente. Ma molte delle cose che hanno un'apparenza momentanea sono quelle che la vita architetta con più tigna nelle sue umide e cieche profondità. La vita, quell'instancabile gallina, cova sempre le sue uova. Comunque, chi se ne frega, ero lì.

Di spunti di meditazione quella casa non era affatto avara. Quando ancora pensavamo di venderla, c'era stato «il mistero dei vasi cinesi», argomento di infinite elucubrazioni giallistiche assieme a mia madre (che dopo la morte di mio padre aveva aggiornato la sua formula magica e ripeteva spesso: «lo sai com'era fatto»). Questi delicati oggetti, menzionati anche nella lettera che ci aveva lasciato, erano molto preziosi, e risalenti a una certa epoca d'oro dell'arte della ceramica in Cina. Me li ricordo bene, con i loro disegni azzurrini: montagne che sbucavano da soffici distese di nuvole, file di cicogne in volo, saggi e ascetici filosofi taoisti meditanti sulla soglia della loro capanna nei boschi. Spesso, ai tempi in cui andavo a trovarlo per registrare l'intervista, me ne parlava come di cose rarissime e costose. Un dono di un'anima ferita molto ricca? Non ne ho idea, ma mi sembra probabile. Infilando lo sguardo nel lungo collo dei vasi si vedeva appoggiata sulla base di entrambi una busta, che conteneva un certificato di autenticità o qualcosa del genere. Bene, un giorno erano lì e il giorno dopo non c'erano più. Sui due ripiani di vetro dove erano poggiati, una mezzaluna di polvere serbava l'impronta delle basi circolari. Chi se li era presi? Chiunque fosse, aveva le chiavi della casa disabitata, invenduta. E doveva avere agito di notte, su questo non c'era dubbio. Nessuno avrebbe corso il rischio di attraversare in pieno giorno con due oggetti così ingombranti e insieme fragili il palazzo e il cortile dell'entrata sorvegliato dal portiere. Ma era un furto, o legittima appropriazione? Poteva essere che mio padre, dopo aver scritto la lettera dove esplicitamente ce li lasciava, avesse deciso diversamente? In ogni modo, non ne abbiamo saputo più nulla. Una volta spazzate via le loro lievissime tracce nella polvere, quei vasi sarebbero affondati per sempre nel mare torbido delle possibilità, da dove non tornano mai né gli esseri viventi né le loro cose.

I vasi non c'erano più, ma era rimasto in bella vista uno dei tesori più preziosi del museo di mio padre. Mi riferisco a una coperta di lana grigia, ruvida e infeltrita, da cui in pratica non si era mai separato per la maggior parte della sua lunga vita. Ci si avvolgeva per riposare, se la portava dietro in vacanza quando andava a Cortina, la teneva sempre a portata di mano. Nessuno avrebbe mai notato un foro non lontano dal bordo sfrangiato, che conferiva a quell'oggetto trascurabile e a quell'innocente mania tutto un altro spessore psicologico, e addirittura storico. Il fatto è che quel buco, con i suoi bordi bruciacchiati, era stato prodotto da un proiettile sparatogli addosso con l'intenzione di farlo secco. Il fatto era accaduto nella primavera del 1945, dopo che mio padre, con la sua banda di partigiani comunisti, si era arruolato nell'esercito regolare. Un giorno, trasportando sulla schiena una radio, gli toccò oltrepassare un fiume, e si era messo sulle spalle la coperta per proteggere sé stesso e il prezioso carico dall'acqua.

Probabilmente pioveva; un soldato tedesco, proprio in quel momento, lo aveva preso di mira. Mio padre si era reso conto di quanti centimetri, forse millimetri, fosse stato vicino alla morte solo quando aveva scoperto il foro sulla coperta. E da quel giorno aveva ritenuto saggio non separarsene più. Lo capisco: era un simbolo abbastanza eloquente della leggerezza della rete che la vita tesse intorno a noi, non si sa bene se per divorarci, come fa un ragno con la mosca, per meravigliarci con i suoi giochi di prestigio, o entrambe le cose. Basta un soffio, un nonnulla, una futilità qualsiasi, un tedesco che prende un po' meglio la mira, e la rete variopinta non c'è più. C'è solo un ragazzo di vent'anni centrato da un cecchino mentre guada un fiume: riverso nella corrente che si porta via il suo sangue. Tutto l'intrico del futuro – compreso me stesso, che in questo momento scrivo queste parole – dissolto come una bolla di sapone. Noi siamo gli spettri di tutto ciò che non è accaduto, spettri vivi nel groviglio infinito delle alternative, delle possibilità, dei capricci degli dèi.

Una conseguenza piacevole dell'improvviso trasloco consisteva nel fatto che a cinquant'anni, come obbedendo a una spinta retrograda della mia esistenza, tornavo a vivere nel quartiere in cui avevo passato l'infanzia e l'adolescenza, rimasto praticamente identico nello scorrere degli anni, fatto tipico di questi cosiddetti quartieri residenziali (come se negli altri non si risiedesse) pieni di studi di notai, avvocati, insigni dentisti, tutti con la loro targa di lucido ottone accanto all'entrata dei palazzi o negli androni sorvegliati da onniscienti, sagaci portieri. Non esistono quartieri particolarmente adatti ai guaritori, che ovviamente possono sistemarsi ovunque per occuparsi dei loro pazienti, ma a mio padre piaceva molto stare lì, probabilmente perché il carattere generale della zona era in qualche modo affine ai suoi modi riservati e signorili. Esiste una psicologia delle città così come si può ipotizzare un'urbanistica degli individui: tutto sta nell'individuare le zone in cui si campa meglio. Mio padre frequentava volentieri corniciai, tappezzieri, cartolai, venditori di lampade e materiali elettrici. Amava i negozi piccoli, gli artigiani, i banchi dei mercati. Faceva lunghe passeggiate solitarie. Apprezzava soprattutto quel clima trasognato e anacronistico, dove la brutalità di Roma – come mi confidò una volta – gli sembrava attenuarsi, diventare meno minacciosa e opprimente. E non aveva affatto torto: sembra di vivere in un grande ospizio, o in una versione chic del *Truman Show*. Sulle strade più belle e silenziose si affacciano ambasciate e cliniche circondate dai loro giardini; ci sono almeno un paio di negozi che espongono in vetrina divise per cameriere e livree da maggiordomo; una lieve patina di decoro si stende anche sui cassonetti della spazzatura, come se la gente qui producesse rifiuti più distinti e gradevoli d'aspetto che altrove. In questi quartieri perbene, com'è risaputo, i partiti di ispirazione socialista e progressista, nati nel seno della classe operaia, ottengono oggi il massimo dei voti, alle elezioni. Sono le Stalingrado del benessere: mentre er popolo è sempre più fascio, com'è altrettanto noto – je piace er Duce, la fregna, la trippa. E non si può negare che c'è qualcosa di poetico, nonché di sottilmente metafisico, in questo orientamento progressista di un ceto sociale in condizioni così avanzate di degenerazione e dissoluzione. Quando avevo deciso di appropriarmi della casa di mio padre, avevo formulato questo desiderio dicendomi, anziché «qui ci voglio vivere», «qui ci voglio morire»: il più tardi possibile, ovviamente, ma quello che mi attraeva della casa e del quartiere era un senso di prossimità alla Fine. La Fine di cosa? Non so: la Fine di Tutto. Come se mi fossi sistemato in uno di quei tratti dei grandi fiumi che appaiono sempre placidi poco prima di trasformarsi in una cascata. Un'evaporazione, una precipitazione, una perdita di consistenza dello spessore della realtà: la quale poi non è, a parere di molti sapienti, che l'illusione delle illusioni. Ogni giorno, passeggiavo nel parco vicino, una pineta radicata su una scoscesa rupe di tufo, teatro di una famosa scaramuccia del Risorgimento. Quando ero bambino ci portavano a vedere il tronco rinsecchito di un mandorlo o di un melograno, non ricordo bene, che si diceva intriso del sangue degli eroi, pochi di numero e allegramente votati al martirio, come si usava in quei tempi ingenui e bellicosi; l'albero era morto da tempo, ne rimanevano solo il tronco sottile e un ramo spoglio, sostenuti da un'ingegnosa gruccia di ferro. Di questo strano monumento vegetale non c'era più traccia, ma per il resto niente era cambiato dai tempi in cui andavo in cerca di pigne cadute, da rompere con un sasso per estrarne il duro ovetto appiccicoso di resina dei pinoli. Arrivato in cima alla salita, chiedevo agli dèi sempre la stessa cosa: che non accadesse nulla di importante, che il giorno dopo fosse uguale al giorno prima, che tutto continuasse a svanire delicatamente, come un profumo che si disperde nell'aria.

Proseguendo nel catalogo ragionato di quello che ho definito il «museo di mio padre» devo ora occuparmi di un altro oggetto molto importante e rivelatore. Da uno dei tanti cassetti sotto il ripiano della scrivania era spuntato fuori un grosso libro: Carl Gustav Jung, *Simboli della trasformazione*, quinto volume delle opere complete in italiano. Non so perché lo tenesse lì, separato dagli altri suoi libri, come una pistola. Forse ci stava lavorando sopra negli ultimi tempi, forse si era semplicemente dimenticato di rimetterlo a posto. Non ci avrei fatto caso se non fosse stato per le centinaia di note di mio padre che riempivano i margini, scritte con una matita dalla punta finissima, in una grafia come sempre limpida ma talmente microscopica da risultare quasi illeggibile. Non c'è niente di così strano nel fatto che un famoso psicoanalista junghiano tenesse sotto mano un'opera importante e massiccia del Capostipite, debitamente chiosata. Ma sfogliando distrattamente il libro ho cominciato a notare che la stragrande maggioranza di quegli appunti non serviva a orientarsi in un testo lungo e complesso, magari evidenziando e condensando i concetti basilari, come si fa di solito. Moltissimi sono i punti interrogativi ed esclamativi destinati a esprimere una gamma di sentimenti che va dal semplice dubbio («?») allo sconcerto («??», oppure «!!») alla vera e propria traduzione grafica del proverbiale gesto di buttare il libro dalla finestra («?!?!!?» eccetera). Poi ci sono gli appunti veri e propri, consistenti in una sola parola o in una brevissima frase. La porzione di testo che aveva suscitato il dissenso, più o meno caloroso, è debitamente sottolineata. A mio padre era rimasta familiare, probabilmente, l'antica tecnica di correzione dei compiti in classe: e dei magnanimi «va bene» apparivano di quando in quando, facendo sperare che alla fine il povero Jung avrebbe raggiunto la sufficienza. Ma l'incrostazione di commenti è così fitta da rappresentare, più che un normale processo di lettura, una specie di corpo a corpo che evoca quel personaggio della Bibbia che passa un'intera notte a fare a botte con un angelo. La cosa finì per incuriosirmi molto più di quello che avrei creduto. Sapevo poco di Jung, e quel poco derivava dalla sua autobiografia, in gran parte dettata a un'allieva negli ultimi anni di vita. E poi le solite chiacchiere per sentito dire, gli archetipi, la sincronicità. Ma in quel libro pesante e disadorno, considerato come oggetto materiale, ancora prima che come un veicolo di idee e significati, percepivo la sottile eppure tenace vibrazione di una verità che arrivava da distanze siderali. E c'era anche la sensazione di avere intercettato quel segnale in modo del tutto abusivo. Dove c'è un mago, c'è anche il suo Libro; il Libro è più importante di tutti gli altri attrezzi, degli alambicchi e degli amuleti e dei mazzi di tarocchi. E se il mago non è d'accordo con il suo Libro, ancora meglio: significa che è un mago intelligente. Seduto sulla poltrona del guaritore – ironicamente girevole come quella riservata ai pazienti, come se anche ai guaritori potesse capitare il desiderio, tutto sommato legittimo, di piangere guardando fuori dalla finestra –, il librone poggiato sulla scrivania lustra e deserta, iniziai a leggere *Simboli della trasformazione* decifrando nel frattempo le minuscole ma implacabili proteste di mio padre.

«*L'intreccio delle radici*» scrive Jung nella prefazione alla quarta edizione del libro (settembre 1950), «*è la madre di ogni cosa*».

I mobili e gli elettrodomestici che mi servivano li avevo ricomprati, e in mezzo a tutto quel disordine sembravano chiedersi dove fossero capitati; ma un fardello ancora più pesante dal Ghetto me lo ero portato: la Degenerata. Così avevo ribattezzato Rocio, una donnetta peruviana, alta meno di un metro e sessanta, incontrata per caso sulle scale del palazzo quattrocentesco. Non ricordo perché attaccammo a parlare, ma venne fuori che lavorava a ore, facendo le pulizie nelle case dei dintorni. Vivevo lì da qualche settimana, rimandando ogni giorno questo spinoso problema delle pulizie, ed essendo una di quelle persone del tutto incapaci di badare a sé stesse in questo tipo di faccende la casa, con le sue finestre rinascimentali e il bel soffitto di annose e scure travi, già assomigliava al covo di un serial killer depresso. Pensai che fosse stato il Cielo ad avermi mandato Rocio, proprio al momento giusto: ma sottovalutavo che il Cielo, nella sua lungimiranza, a volte ci spedisce delle istruttive punizioni. La incaricai seduta stante di comprare i prodotti necessari, e ben presto si mise al lavoro. Ma questo modo di dire, «mettersi al lavoro», suona subito grottescamente inesatto se riferito alla Degenerata. Ci voleva poco, anche a uno sguardo del tutto inesperto e distratto come il mio, a capire che Rocio non poteva che cercare un'occupazione in questo modo, infilandosi in un palazzo e bussando alle porte. Chi mai avrebbe potuto raccomandarla a qualcuno? Soprattutto: chi mai avrebbe potuto richiamarla dopo il primo esperimento, magari lasciarle una copia delle chiavi di casa, fingere di non accorgersi che, delle tre ore pattuite, il tempo effettivo di lavoro consisteva in qualche incoerente fiammata non più lunga di dieci minuti? Proprio questo è il punto: e me lo posso spiegare razionalmente solo ricorrendo all'idea del sortilegio, dell'incantamento, della fattura. Non esiste in nessuna lingua un'espressione che significhi il contrario di «donna delle pulizie», o «collaboratrice domestica», perché sarebbe del tutto illogico immaginare una funzione contraria: qualcuno *pagato* per lasciare una casa più sporca, o disordinata di prima. Non era esattamente né sporcizia né disordine, per essere precisi, perché in realtà, emettendo sospiri di fatica variamente intensi, come se stesse sempre a sollevare un invisibile macigno, la Degenerata faceva a suo modo dei gesti che avevano a che fare con il pulire, il rassettare. Ma aveva il potere di stendere una patina uniforme di sciatteria, approssimazione, abbandono su tutte le superfici e gli ambienti di cui si occupava. Che ne so, passava uno straccio su una parte di un ripiano, finendo solo per evidenziare la polvere e la sporcizia della parte rimanente. Impilava i piatti puliti in strane e instabili composizioni di piani, fondi e piccoli, come se fossero carte da gioco da mischiare. Non finiva *mai* – neanche fosse un voto – di fare quello che aveva iniziato. Una persona normale avrebbe anche potuto valutare che ci vuole molta più fatica a fare le cose così anziché farle per bene – ma non stiamo parlando di una persona normale. La Degenerata era la Mary Poppins della desolazione. Sterminava qualunque oggetto fragile incontrasse, e non rimetteva mai gli utensili a posto, abbandonando scope, stracci e secchi nel punto esatto in cui aveva smesso di usarli, come se piantasse delle bandiere per riprendere il lavoro da lì la volta successiva. Il problema, lo ripeto, non era lei, semmai erano gli oscuri motivi che mi soggiogavano a quel castigo vivente. Come si trova ampiamente spiegato nei manuali di magia di ogni tempo, lo sguardo è il veicolo ideale di molti sortilegi e suggestioni. E gli occhi di Rocio, neri come la pece, erano in effetti capaci di suggerire manipolazioni ipnotiche e capacità non comuni di divinazione. Oracolari e magnetici, scavati nel viso olivastro dotato di una sua incaica bellezza, quegli occhi bilanciavano in maniera sorprendente la sgradevolezza degli atteggiamenti e la manifesta incapacità lavorativa di quella donna la cui età poteva oscillare tra i venti e cinquant'anni. Ma tutte queste osservazioni non bastano nemmeno a scalfire il mistero della mia immediata e irrevocabile *soumission*. Che la Degenerata fosse avvezza a esercitare una sua riconosciuta autorevolezza sul prossimo, me ne ero reso conto facilmente fin dalle sue prime incursioni in casa mia. Era così cercata che non si separava mai dal telefonino, cosa che complicava notevolmente tutte le sue prestazioni perché aveva sempre bisogno di reggere l'apparecchio con una mano, mentre con l'altra proseguiva di malavoglia quello che aveva intrapreso. In pratica era come avere una colf monca, oltre che manifestamente e deliberatamente incapace. Non capisco quasi per nulla lo spagnolo, tantomeno la variante di castigliano parlata a Lima – la sua città d'origine –, ma il tono di queste conversazioni infinite era invariabile e inconfondibile, e qualche parola, qualche concetto alla fine si afferrava. Tanto più che mai e poi mai la Degenerata si sognò di chiedermi se per caso mi infastidisse tutto quel berciare (era tra quelli che credono che per farsi capire al telefono bisogna urlare come parlando da una finestra). Quando non ne potevo più, andavo a lavorare o a sbollire l'irritazione al bar. Rocio dispensava consigli, compativa, incoraggiava un grandissimo numero di amiche, di parenti, oserei dire di seguaci. Facevano la fila per parlarle, finita una consulenza il telefono tornava a squillare, come nei programmi tv con le chiromanti in diretta. Riversava nelle orecchie bisognose di chi la cercava tutta una filosofia della vita di sapore vagamente stoico, in cui l'amarezza della percezione oggettiva delle cose era bilanciata da grandi dosi di generico ottimismo. Alzando gli occhi al cielo come in cerca di un metafisico testimone, il tubo dell'aspirapolvere che ronzava impotente a mezz'aria, ricordava alle sue devote la crudeltà degli hombres, l'ingiustizia del mondo: fattori costanti della storia e della natura umana, da non prendere mai sottogamba. Così che, immagino, quelle anime smarrite e pigolanti potessero considerare le loro traversie sullo sfondo di un quadro più vasto di comune sofferenza e sopportazione. Almeno era quello che poteva intuire chi si trovasse costretto a subire quel perpetuo inquinamento sonoro, spesso e volentieri accompagnato dal rumore di un oggetto di ceramica o di vetro che, puntualmente sfuggito all'unica mano libera di Rocio, si frantumava a terra.

Alla Degenerata, guaritrice telefonica di prim'ordine, la casa di mio padre piacque subito. Si sentì immediatamente a suo agio in quelle stanze pervase dalle polveri sottili, dai residui fissi di innumerevoli confessioni, dai segreti delicatamente estratti dalle sabbie mobili della Rimozione: che è l'estrema palude dell'esistenza, dove ogni cosa affonda continuando a marcire, generando sintomi. Tutte le terapie, se ridotte all'osso, si assomigliano, consistendo nel lenire il dolore e allargare l'orizzonte, la prospettiva. Più la prospettiva è larga, più è facile accettare il fatto di stare al mondo. La Degenerata avrà captato con il suo subconscio l'ombra, l'impronta di un collega, di un confratello. *Healing people*. Mi chiese, e ottenne senza resistenza, di raddoppiare il numero delle ore di «lavoro», con il pretesto che la nuova casa era sì muy linda, ma anche más grande. A quel punto, persa la grande occasione di liberarmene al momento del trasloco, dovevo arrendermi all'evidenza: avevo finito per diventare succube di quella donna bugiarda, prepotente, petulante. Cosa voleva da me, una volta assodato che ero incapace di erigere un argine al suo dilagare? E perché, pur potendo facilmente eliminarla dalla mia vita e non sentirne più parlare, al momento di agire la volontà mi tradiva in maniera così umiliante? Sono una persona mite, amo fin troppo compiacere il prossimo, ma in tutta questa faccenda c'era un forte sapore di follia, di masochismo. Il più stupefacente e imprevedibile fenomeno della vita umana, dal punto di vista delle relazioni che stabiliamo con i nostri simili, non è l'amore, tantomeno l'odio, ma *l'influenza* che un determinato individuo può esercitare su un altro nella più assoluta mancanza di ragioni evidenti. E le forme dell'influenza sono innumerevoli come i serpenti che formano la capigliatura di Medusa. Avrei potuto licenziare la Degenerata, se mi fossi trovato per qualche motivo costretto a farlo, solo scrivendole su WhatsApp, o lasciandole nella segreteria telefonica un messaggio che non ammettesse repliche; la sua semplice presenza mi disarmava totalmente. Come fanno gli avvocati alle prime armi, ero arrivato al punto di provare da solo (a volte servendomi dello specchio) interi discorsi di licenziamento, spietati o compassionevoli, in cui la convincevo della necessità di troncare quello che ormai era evidentemente un legame perverso. E così come mi ripromettevo di licenziarla, giuravo a me stesso di farle almeno notare le peggiori nefandezze: i panni lasciati ad ammuffire nel cestello della lavatrice, i vestiti che sparivano, i pacchi di posta buttati per errore, la costante decimazione delle stoviglie. Sarebbe seguita una coda magnanima, un richiamo alla comune imperfezione delle cose umane, oltre all'offerta di una generosa mancia di congedo. Ma puntualmente rimandavo anche le rimostranze che non comportavano il licenziamento. Ricordo un giorno che, a forza di aggirarsi per casa cominciando lavori per lasciarli a metà, aveva fatto partire la lavatrice dimenticando di inserire il tubo nello scarico del water; quando una marea di schiumosa acqua calda invase il corridoio, si comportò come se non si trattasse minimamente di una cazzata *sua*, ma delle conseguenze di un evento imponderabile, un disastro naturale di cui nessuno aveva la responsabilità: mentre strizzavo gli stracci nel secchio, carponi sul pavimento, la Degenerata, a braccia conserte, mi elargiva generosamente i suoi preziosi consigli. Desiderai, impegnato com'ero ad aggottare casa mia, avere una moglie come si deve: una di quelle donne pragmatiche e disincantate che protestano per i prezzi, tengono in ordine i pagamenti, licenziano chiunque senza patemi d'animo. Il problema era che in questa maniera non solo mi adattavo al complicarsi di un problema che io stesso andavo creando, ma lo peggioravo senza più essere capace di intravedere un limite. Perché mi ero sottomesso in quel modo? Non sarebbe del tutto giusto affermare che la Degenerata si approfittava della mia mollezza o della mia finta distrazione. Queste sono situazioni normali e tutto sommato rimediabili. Il mio caso era diverso: in qualche assurda maniera, ero io ad aver creato il mostro. Aveva trovato una porta inspiegabilmente aperta, ed era entrata. Ai tempi in cui, seduto sulla poltrona girevole di mio padre, studiavo *Simboli della trasformazione* di Carl Gustav Jung, si era già creata una situazione decisamente patologica. A volte mi chiedevo se quella donna meditasse l'intenzione – anche lei rimandandola per qualche oscura ragione – di licenziare *me*. Al punto in cui eravamo arrivati, non era più possibile ottenere da Rocio nemmeno l'impegno a venire a casa a orari stabiliti. Andava e veniva come le pareva, e me la trovavo di fronte nei momenti più impensati. Aveva delle altre señoras nelle vicinanze, questo sosteneva: ma la balla era così smaccata da risultare angosciante. Quale señora, soprattutto in quel quartiere dove le vetrine ostentavano livree e grembiulini, avrebbe mai potuto tollerare i guai e il rumore della Degenerata? Era evidente che l'unico señor della sua vita, se di señor si può ancora parlare, ero io. A suo modo, mi aiutava a sistemarmi nella nuova casa svuotando gli scatoloni dei libri per lasciarli impilati sul pavimento, suggerendomi acquisti di ogni tipo, elettrodomestici, poltrone, tende. Quando non confortava o esortava al telefono una delle sue bisognose e sperdute assistite, beneficiavo anche io della sua filosofia non richiesta. In quella casa più grande, avrei potuto farmi una famiglia. Per un hombre, in questo mondo, non c'è protección migliore di una moglie, e di una bella covata di bambini. Alle soddisfazioni del lavoro, come è facilmente immaginabile, non attribuiva nessuna importanza: un hombre, a suo insindacabile parere, era fatto per trovarsi un amore. E grattarsi la pancia, o quello che preferisce, senza stare troppo a sindacare sul futuro, senza accumulare inutilmente soldi, che tanto la morte si pappa tutto in un secondo. Un terribile sospetto si impadronì della mia mente: progettava di sposarmi? Aveva scambiato la mia incapacità di liberarmi di lei per un invaghimento? I moti dell'animo e i comportamenti inspiegabili hanno questo di brutto, che qualunque ipotesi, per quanto assurda, si insedia nella mente con una sua apparente verosimiglianza. Ma il sospetto si sarebbe ben presto rivelato inutile. Sempre più spesso Rocio piombava in casa a riposarsi un'oretta prendendo a pretesto un intervallo di lavoro tra due immaginarie señoras. Sbrigava le sue consulenze telefoniche, e a volte mi chiedeva il permesso di cucinare qualcosa: un paio di uova sode (il suo cibo preferito) o un pacchetto di noodles con i condimenti liofilizzati. Una volta uscì di fretta parlando al telefono e mi trovai a lavare i piatti e le posate sporcati dalla mia donna di servizio, nella mia cucina: circostanza forse mai verificatasi nella storia universale dei rapporti tra servi e padroni – per chiamarli alla vecchia maniera. Fatto ancora più inquietante, la Degenerata mi aveva chiesto il permesso di sistemare in uno sgabuzzino alcune sue cose chiuse in pesanti buste della spazzatura e in un paio di borsoni scalcagnati. La sua vita, d'altra parte, era avvolta da fitti veli di reticenza e mistero: fuori da casa mia, mi era difficile addirittura immaginarla. Una notte, assalito da una pungolante paranoia che mi teneva sveglio, iniziai a frugare sistematicamente in quei fagotti, alla ricerca di armi e droga. Forse la mala peruviana agiva così, depositando nelle insospettabili case dei datori di lavoro merci illecite e pericolose. Ma esisteva, poi, la mala peruviana? Non ricordavo di averne mai letto sui giornali. Trovai solo vestiti, lenzuola, asciugamani, un piccolo tappeto arrotolato, un certo numero di utensili, buste piene di fotografie, vecchi telefonini, qualche peluche – roba così. Non aveva una casa, la Degenerata, dove tenere quelle umili cianfrusaglie? Mi aveva parlato qualche volta dei lunghi viaggi che doveva sobbarcarsi su una linea ferroviaria sempre affollata di gente maleducata. Da quello che avevo capito faceva avanti e indietro da un suburbio dell'estrema periferia a nord della città.

È arrivato il momento di affrontare quello che, con una metafora semplice quanto efficace, un grande romanziere del passato ha definito «il balzo della belva». Che sia sfilacciata e contorta, oppure nitida e avvincente, una storia, per essere tale, prima o poi ha bisogno dell'irruzione improvvisa di un singolo evento, o di una presenza, o di un irripetibile concorso di circostanze capace di imprimere alla torpida regolarità dell'esistenza un qualche tipo di sussulto – e dunque una forma. Può anche trattarsi di un fatterello a cui nessuno attribuirebbe un significato particolare: capace però di modellare, come il pollice dell'esperto vasaio, un segmento più o meno lungo della vita. Perché le forme non vengono su da sole, come fiori di campo: sono sempre cicatrici, perle che crescono intorno al granello di sabbia dell'inspiegabile, dello sconcertante, dell'equivoco. La tendenza fatale di tutte le cose a non essere ciò che sembrano, e a sembrare ciò che non sono, è il più universale dei motori narrativi. Quello che il grande romanziere definiva «belva» si potrebbe ugualmente chiamare «vita»: che è pur sempre la più incoerente e meno prevedibile delle belve. Per questo il mondo pullula di storie, ne è letteralmente infestato. Potevano essere passate tre o quattro settimane dal mio trasloco – già le giornate iniziavano lentamente ad allungarsi, e la dolce, precoce, compiacente primavera romana stiracchiava le sue membra intorpidite – quando si produsse uno di questi singolari «balzi». Una mattina come le altre, mentre mi preparavo a cominciare con il solito colpevole ritardo la mia giornata con la mente passabilmente sgombra dopo un lungo sonno, gettando distrattamente lo sguardo sulla scrivania di mio padre mi accorsi che al centro del ripiano, lasciato lì apposta nella posizione di massima visibilità, c'era un piattino da caffè, e al centro del piattino un mozzicone, schiacciato con una certa evidente dose di stizza o di nervosismo. Era una di quelle sigarette *slim* che di solito fumano le donne, ritenendo forse che il diametro ridotto del cilindro di carta e tabacco garantisca salute e prosperità, e che invece gli uomini – quegli eterni complessati – considerano umilianti come un attentato alla loro virilità. A scanso di equivoci il filtro bianco era macchiato di rossetto. Pensai subito a qualche malefatta di Rocio, ma lei odiava il fumo, e poi quella sigaretta era stata accesa durante la notte, mentre dormivo: prima di andare a letto non c'era nulla sulla scrivania, ne sono sicuro. E l'unico patto solenne che fossi riuscito a strappare alla Degenerata era che non mi piombasse mai in casa di notte e nei giorni di festa: non le avevo dato, in effetti, le chiavi del portone principale. Qualcuno dunque era entrato e uscito, qualcuno che possedeva un mazzo di chiavi completo e che aveva deliberatamente lasciato quello che non poteva essere considerato che un *messaggio*. Nel luogo di maggiore carica simbolica di tutta la casa: il suo ombelico, mi venne da pensare, adeguatamente simbolizzato dal piattino da caffè. Il centro esatto della scrivania, a metà strada tra il guaritore e l'anima ferita, là dove la parola e l'ascolto diventano la stessa identica materia, impastata dalle mani di massaia della Verità. Misi il piattino e la cicca, così come li avevo trovati, in uno dei tanti cassetti vuoti della scrivania, dove sono rimasti per anni.

Non era un fatto da prendere sottogamba. Il piattino e la cicca emanavano pura e semplice ostilità, come qualcuno che dicesse: non ti credere che questa è casa *tua*, non è così semplice! La prima decisione da prendere, non c'è bisogno nemmeno di dirlo, era quella di cambiare la serratura. Ristabilire tempestivamente un confine. Forse dovevo anche avvertire la polizia? Comunque, in qualche modo dovevo agire. Ma qui entra in gioco il mio sconfortante carattere di mollusco, nemico di ogni iniziativa che non comporti un'immediata e diretta soddisfazione. Su un foglietto di «cose da fare» che tengo sempre a portata di mano per pura infingardaggine – come se bastasse scrivere una cosa da fare per farla effettivamente – aggiunsi *cambiare la serratura* a una lista di seccature che mi ero già dimenticato prima ancora di provare a risolverne solo una. C'è anche da dire, e qui si sconfina in un'idiozia da irresponsabile, che quella macchia di rossetto aveva acceso in me una specie di stolta immaginazione romanzesca. Magari stavo interpretando male il messaggio. Quella sigarettina fumata a metà e sistemata in bella vista, con la sua macchia di rossetto sul filtro bianco, poteva essere un indizio di passione, un segnale erotico. Collegai l'incursione notturna anche al mistero dei vasi cinesi, e ne venne fuori una figura femminile molto simile a quelle bellissime ladre o spie dei film di 007 che, pur stando dalla parte dei cattivi, finiscono puntualmente per invaghirsi di James Bond. Insomma, ci si mise anche quell'immaginazione sconsiderata a far sì che l'intrusione notturna raggiungesse la zona del mio cervello dove spedisco tutte le seccature nella vana speranza che si risolvano da sole, non si sa come. Questo non mi impediva di percepire, a un livello più ragionevole della mia coscienza, che nel momento in cui si fosse verificata una nuova incursione, il fatto che non avessi cambiato la serratura poteva essere interpretato come un assenso, un invito, o peggio una sfida.

C'è sempre da considerare, quando si parla dell'esistenza dei guaritori, che l'anima, senza per questo essere più colpevole dell'uranio o di un fungo velenoso, è un *materiale tossico*. Non dico l'anima dei preti e dei poeti, che appartiene al mondo beato delle cose che non si possono verificare, e sulla quale, messo alle strette, nessun poeta e nessun prete metterebbe la mano sul fuoco. È l'anima ferita che è pericolosa, l'esposizione prolungata alla sua forza sradicante. Tutti i guaritori finiscono per soccomberle, in un modo o nell'altro: l'importante non è rimanere indenni, ma limitare i danni. Un'esistenza il più possibile normale è un ottimo e raccomandabile sistema. È vero che è difficile, se non impossibile, definire esattamente in cosa consista questo riparo della normalità, ma anche le apparenze possono contare. Jung nelle sue memorie è molto chiaro in proposito: «era molto importante per me avere una vita normale nel mondo reale, per bilanciare la stranezza del mondo interiore». *Una vita normale nel mondo reale*. Come un minatore che scava una galleria sempre più profonda nel cuore della terra, e dopo il turno ha bisogno di tornare a casa, per godersi il caldo della stufa, il chiacchiericcio della tv, l'odore della zuppa pronta in tavola e il rumore dei bambini. Avere una moglie e cinque figli era insomma per Jung il peso necessario sull'altro piatto della bilancia. Lo confortava, confessa, anche il fatto nudo e crudo di avere un indirizzo, di abitare al numero 228 della Seestrasse nella tranquilla cittadina svizzera di Küsnacht, come un qualunque povero diavolo. È comprensibile che avere un indirizzo fosse già qualcosa, un tassello di un sofisticato apparato di difesa composto di «realtà effettuali». Si allungava su di lui, come su tanti della sua generazione, l'ombra ammonitrice di Nietzsche: colui che non sapeva dove tornare, che non aveva un indirizzo, «una foglia ondeggiante ai venti dello spirito». Nietzsche, dice Jung, «si era lasciato venir meno il terreno sotto i piedi perché non possedeva altro che il mondo interiore dei suoi pensieri», che finivano per possedere lui stesso. «Non aveva più radici, e si librava al di sopra della terra, e perciò era precipitato nell'esagerazione e nell'irrealtà». Mio padre avrebbe certamente sottoscritto queste meditazioni. Ancora più che a Jung, gli premeva tenere lontano lo spettro di Nietzsche. In tutto e per tutto, era quello che si definisce un bravo cittadino, un buon padre di famiglia, un membro rassicurante del consesso umano. Solo osservandolo da un punto di vista privilegiato, come può esserlo quello di un figlio, ti rendevi conto che i piedi, in quelle che Jung chiama le «realtà effettuali», ce li teneva a modo suo. E dunque: è vero che aveva un indirizzo, ma che tornasse *veramente* a casa, tutte le volte che fisicamente ci tornava, è meno sicuro. Non so Jung, ma mio padre aveva il potere di svelare, di quelle «realtà effettuali», la natura di convenzioni molto più traballanti di quanto si ritiene superficialmente. Nel gran teatro del mondo faceva parte della minoranza di attori che non ci credono mai fino in fondo, non si identificano con la parte, e qualunque cosa dicano o facciano sono consapevoli di recitarla. Queste persone sono incapaci di compiere le attività più banali avvolgendole di un comodo velo di abitudine, e danno facilmente l'impressione di trascorrere l'esistenza in un perenne apprendistato. Uno degli spettacoli più istruttivi, a questo proposito, era vederlo guidare. Qualcuno in un passato mitologico doveva avergli dato la patente. Forse nel dopoguerra, durante gli anni della ricostruzione, non andavano troppo per il sottile, distribuendo patenti come incentivi alla speranza. Lui comprava sempre delle Citroën; non so perché amasse questa marca, forse gli piaceva il nome, o più semplicemente non gli andava di pensarci. Ma finché ha guidato, gli è stato impossibile trasferire alla sfera dell'automatismo, come fanno tutti, la maggior parte dei gesti necessari, concentrando esclusivamente l'attenzione sulla situazione e sui possibili imprevisti. Lui, tutto al contrario, se metteva la freccia aveva l'impressione di tentare un esperimento mai osato dal genere umano. Osservava il movimento dei tergicristalli come un prodigio possibile solo sulla sua Citroën. Soprattutto, nell'entrare e uscire da un parcheggio dava l'idea di affrontare un'avventura rischiosa quanto la caccia a Moby Dick: come se avesse appena scoperto che sì, le macchine si possono parcheggiare tra uno spostamento e l'altro. Quando ingranava una marcia, in genere producendo sinistri barriti in tutto il meccanismo, gettava sempre un'occhiata al pomello della leva, con la concentrazione e la meraviglia del primo uomo al mondo che avesse ingranato la prima o la terribile retromarcia, cosa che lo costringeva ai più inverosimili e angosciosi contorcimenti, non avendo mai compreso fino in fondo lo scopo e la funzione degli specchietti retrovisori. Spesso poi, neanche fosse un Arlecchino in vena di scherzi al padrone, il cambio fingeva sì di muoversi, ma in realtà era sempre in folle: allora la macchina rombava, ma rimanendo, con sua visibile costernazione, completamente immobile. Lo spettacolo più edificante era vederlo procedere, a una velocità che poteva andare dai trenta ai quaranta all'ora, al centro della carreggiata come la statua del santo nelle processioni di paese. In quei momenti il traffico non era più traffico, con tutta la sua casualità e il suo disordine: come se gli altri guidatori, permettendo il passaggio di mio padre, partecipassero a una coreografia da musical, diretta da un'onnipotente dio-regista allo scopo di conservare indenni il guidatore e i suoi eventuali passeggeri. Le mani saldamente strette al volante, protendeva il busto in avanti, quasi volesse affacciarsi, sporgersi oltre il cofano per controllare di che materia, quel giorno, fossero fatte le strade. Dal canto suo la macchina collaborava all'avventura mettendo in azione autonomamente schizzi d'acqua, soffi di aria calda o gelida, indecifrabili spie luminose. Il mondo finiva per assomigliare, come in certe leggende medievali, al dorso di una balena sul quale procedeva, ignara del pericolo, una lentissima, singhiozzante, ammaccata Citroën blu.

So bene che è abbastanza bizzarro per un critico letterario, ma non sono mai stato un lettore furioso di libri: ne ho iniziati un numero incomparabilmente maggiore di quelli letti fino in fondo. Qualcosa nella vita ho imparato, ma sempre con grande fatica: tanto più che leggo con uguale lentezza un dialogo di Platone e una storia di «Topolino». Deve essere una specie di disturbo neurologico, che peggiora con l'età. Tra una parola e l'altra, si spalancano voragini sempre più ampie, come tra Achille e la tartaruga. Pazienza: tra leggere cento libri, o mille, o diecimila, non c'è nessuna differenza, basta leggere quelli buoni. Mio padre però era tutto il contrario: un vero macinatore di pagine, soprattutto di psicologia e filosofia; nulla lo spaventava, si metteva lì e leggeva dall'inizio alla fine. Non ostentava mai il suo sapere, non si sentiva superiore a nessuno, non prendeva nella minima considerazione l'idea di appartenere a qualche élite. Gli piaceva imparare, e fino a che le sue forze hanno retto, si è messo lì come uno studentello di buona volontà che prepara un esame, armato di matita e quaderno per gli appunti. In tutto quello che faceva c'era una nota di umiltà, una totale mancanza di ostentazione tipica delle persone mentalmente libere. Rousseau diceva: le uniche cose che conta sapere sono quelle che studieresti anche su un'isola deserta. Ecco, lui era proprio così. Se ne stava lì, nelle prime ore del mattino, a *coltivarsi*, come amava dire, senza mai infliggere a nessuno le sue scoperte. L'apice della sua lucidità mentale la collocava tra le sei e le otto. Questo fatto di imparare metodicamente delle cose approfondendo l'argomento era importantissimo per lui. Però, nello stesso tempo, approvava calorosamente il metodo mio di sfogliare, lasciar perdere, saltare di palo in frasca: lo divertiva e sapeva che in fondo ogni metodo è buono, limitato alla persona che lo impiega. «Dovresti scrivere un libro intitolato *Guida al sapere apparente*» mi disse una volta, ma era una cosa che approvava; anzi, quando ero giovane e gli confidavo dei propositi deliranti e mai minimamente realizzati, come studiare il sanscrito o seguire un corso di musica barocca, mi guardava stupito e faceva di tutto per scoraggiarmi («ma che bisogno ne hai?»). Lui però non si arrendeva. Finiva un libro e ne attaccava un altro. Mi faceva venire in mente l'aneddoto di quel cinese che, mentre aspetta in fila con altri prigionieri il suo turno per essere impiccato, tira fuori un libro e si immerge nella lettura perché «in ogni rigo letto c'è profitto». In virtù di un naturale fenomeno di proiezione mio padre amava quasi fisicamente la sua biblioteca, che teneva ordinatissima, la maggior parte dei volumi foderata da una sottile pellicola di plastica trasparente (ne aveva sempre una scorta), come se i libri avessero bisogno di un preservativo per non generare copie apocrife o scorrette. Chiedergliene uno in prestito significava infliggergli un tale dolore che non mi è mai passato nemmeno per la testa di farlo. Questo può spiegare anche perché, maneggiando la copia casualmente ritrovata di *Simboli della trasformazione*, io provassi un senso di venerazione e quasi di profanazione. Anche la severa copertina di tela grigia di quel grosso volume era foderata dalla sua pellicola, ormai lievemente ingiallita. Mi era bastato sfogliare una volta il libro perché la sua influenza iniziasse a esercitarsi immediatamente su di me, come se per tanto tempo mi avesse aspettato nel buio del cassetto della grande scrivania, sicuro che prima o poi lo avrei trovato. L'oggetto, in sé, non aveva nulla di invitante; difficile da maneggiare, emanava un'idea del sapere irta e laboriosa, com'è giusto che sia, senza indorare la pillola: la cultura umana è iniziata a decadere il giorno che il primo stolto ha inventato le copertine illustrate. E ovviamente, la presenza di tutte quelle microscopiche note sui margini lo impreziosiva ai miei occhi come il relitto di qualche importante battaglia. Ancora più del titolo, poi, mi attraeva il sottotitolo, uno dei più invitanti in cui mi fossi imbattuto: *Analisi dei prodromi di un caso di schizofrenia*. Jung c'era arrivato molto tardi, perché nel 1912, al momento della prima edizione del libro, il sottotitolo, molto più generico e anonimo, suonava *Contributo alla storia dell'evoluzione del pensiero*. Quarant'anni dopo, nel 1952, con tutta l'esperienza accumulata nel frattempo, Jung aveva deciso di indirizzare fin da subito l'attenzione del lettore sull'esito del caso umano raccontato: la schizofrenia. In ogni tipo di storia, si potrebbe osservare, i prodromi (*Vorspiele*) rappresentano l'aspetto più affascinante, sospesi come sono al sempre misterioso punto di giuntura fra la potenza e l'atto. I prodromi della schizofrenia dovevano indubbiamente essere difficili da intuire e riconoscere, mimetizzati in comportamenti normali e discorsi attendibili. La psiche in pericolo emette segnali, chiede aiuto: come qualcuno che dietro a una finestra faccia cenni rivolti ai passanti ignari o distratti. Con il nuovo sottotitolo, Jung intendeva probabilmente conferire alla totalità delle sue osservazioni un senso di imminenza e divinazione. È una storia che non si limita a rappresentare i fatti come stanno e le loro cause: al contrario, prevede cosa accadrà in futuro. Una specie di meteorologia dell'anima capace di riconoscere i segni della tempesta nel cielo in apparenza più sereno. C'era qualcosa che mi toccava profondamente in questo metodo predittivo. Aveva a che fare, in maniera che mi appariva evidente, con quella sensazione abbastanza dolce ma energica di *irrealtà della realtà* che mi aveva sopraffatto dopo essermi trasferito nella casa di mio padre, nel placido quartiere della mia infanzia. Stavo anche io vivendo qualche specie di «prodromo»? Grazie a delle circostanze fortunate, potevo godere dell'esistenza e dei frutti del mio lavoro, libero dai vincoli della necessità; l'egoismo, o meglio il mito psicologico dell'autonomia, mi permetteva di partecipare alla vita degli altri da una posizione laterale, priva di obblighi quotidiani come possono essere la cura dei figli, le responsabilità e le angosce del cittadino. Mi viene in mente l'immagine di una palizzata di tronchi, come quella del villaggio di Asterix, e io lì dentro al riparo dalle insidie del mondo. Potevo riempire tutto quello sradicamento con dosi variabili di piacere e di noia, i più efficaci collanti dell'esistenza, ma qual è il confine che l'egoista deve stare attento a non superare se non vuole diventare pazzo? Avevo aperto per la prima volta il libro di Jung con la semplice intenzione di sfogliarlo. E mi era caduto l'occhio su un brano, non lontano dall'inizio, che mi aveva convinto a tornare indietro e iniziare a leggere con attenzione. Nemmeno mio padre aveva avuto qualcosa da obiettare a queste righe.

«*La psicopatologia*», ricorda Jung, «*conosce una certa turba mentale, i cui prodromi consistono nell'allontanamento progressivo dalla realtà da parte dell'ammalato che s'immerge nelle sue fantasie, mentre, a misura che il mondo reale perde d'influenza, cresce la forza determinante del mondo interiore. Questo processo raggiunge il suo punto culminante quando l'ammalato diviene a un tratto più o meno cosciente del suo allontanamento dalla realtà; avviene allora che in preda a una sorta di panico, egli faccia dei tentativi morbosi per volgersi verso l'ambiente esterno. Questi desideri sgorgano dal desiderio compensatorio di reinserirsi nel mondo circostante. Ciò sembra costituire una regola psicologica valida per gli ammalati come, in misura attenuata, per le persone normali*».

Mi dicevo che la realtà traballa, poi si assesta: come quando, dopo un lungo periodo passato al buio, si entra in un ambiente molto illuminato, e le apparenze ci mettono un po' di tempo a riacquistare la loro normalità. Evidentemente, nemmeno il figlio del mago, che lo aveva addirittura *protetto* negli ultimi tempi, e lo aveva adorato fin dal primo sbocciare della coscienza, poteva pretendere di stabilirsi a casa sua senza pagare un qualche tipo di dazio. Mi venne in mente un fatto al quale avevo sempre dato poco peso: sia prima che dopo la sua morte, nei miei sogni mi appariva invariabilmente ben diverso da quell'uomo mitissimo, distratto, affascinante che avevo sempre conosciuto. Erano, più che sogni, veri e propri incubi, nei quali i suoi tratti deformati assumevano una ferocia bestiale, da alcolista che picchia regolarmente moglie e figli. Ma c'è di più: in questi sogni ricorrenti mio padre non era solo violento, ma, ancora peggio, *risentito*: la vita, e soprattutto i figli, lo avevano privato delle sue possibilità, del suo diritto alla felicità, incatenandolo a un'esistenza dedicata a degli ingrati incapaci di provvedere a sé stessi. Quel mostro onirico sprizzava da tutti i pori un rancore paralizzante, sconcertante. Tutto questo si accompagnava a un turpiloquio che chiunque l'abbia conosciuto riterrebbe del tutto incongruo rispetto alla sua figura. Mi dicevo che forse in quei messaggi dell'inconscio si faceva strada, in maniera brutale, uno strato arcaico – magari edipico! – dei sentimenti che avevo sempre provato per lui. E cominciai anche a rimpiangere di non avergliene mai parlato. Ma a che poteva servire? Non ero un suo paziente, e la sua interpretazione sarebbe valsa come quella di chiunque altro. Di una cosa ero sicuro: quei sogni erano l'esatto contrario di ciò che avevo sempre provato al livello della coscienza. E non è detto che la coscienza sia sempre più fessa dei sogni. Mio padre si era meritato, a modo suo, l'amore incondizionato che avevo provato per lui, e l'altrettanto incondizionata ammirazione per la sua unicità. Vederlo in sogno come un bestione feroce e dolente, oltre che stupido come tutti i risentiti, che tirava pugni ai muri e bestemmiava digrignando i denti, minacciando di annientarmi, non significava affatto, a mio modo di vedere, che quell'amore era malriposto, o eccessivo; semmai, quei sogni parlavano di me, ovvero di quello che vi appariva nettamente, a ragionarci sopra con la dovuta attenzione, come il mio più grande limite affettivo: la pretesa di amare senza conoscere. A forza di pensarci sopra, mentre passeggiavo nella pineta, da qualche anfratto semisommerso della memoria venne fuori un ricordo, appartenente questa volta alla vita reale. Mio padre aveva delegato a mia madre le incombenze più sgradevoli dell'educazione dei figli, che consistono in prediche, rimbrotti, minacce, laboriose elargizioni di permessi. La sua era una sovranità di carattere essenzialmente *preventivo*. Ho sempre saputo cosa gli faceva piacere che facessi. Tutti lo sapevano: io, mia sorella, i gatti. Questo sistema poteva entrare in crisi solo nei rari casi in cui mia madre doveva allontanarsi per qualche motivo, e la conduzione degli affari domestici passava automaticamente a lui. Ebbene, dovevo avere al massimo quindici o sedici anni, quando una volta, in questa situazione straordinaria, gliene combinai una che, se si fosse trattato di qualunque altro padre, avrebbe causato perlomeno una scenata memorabile. Un giorno d'estate, dei miei amici di scuola mi proposero di andare con loro in autostop a Firenze, dove c'era un concerto di Lou Reed. A quei tempi non era nulla di straordinario: il mondo era più indulgente con i ragazzini, più facile di oggi. Ci piazzammo sulla Salaria, dividendoci in due piccoli gruppi, non lontano dal raccordo dell'autostrada, e nel giro di qualche ora eravamo al prato delle Cascine, di fronte ai cancelli del concerto. Il fatto è che mi ero completamente dimenticato di informare mio padre, nel suo ruolo di reggente, dell'impresa. Ma il concetto non è esatto. Ci fosse stata in carica mia madre, non mi sarebbe mai passato per la testa di infliggerle un'angoscia, in quei tempi privi di telefonino. Pur godendo di tutta la libertà di cui si poteva godere all'epoca, e non facendomi mai mancare nulla, ero quello che si definisce un figlio rassicurante. Mio padre e mia madre lavoravano almeno dieci ore al giorno, erano onesti fino al midollo, votavano comunista. Io vagheggiavo una vita molto più improbabile e dissoluta, il mio modello era Charles Bukowski, ma li rispettavo profondamente, non ero il tipo che scappava di casa. E allora? Di certo non volevo angosciare mio padre intenzionalmente, e per quanto riguarda il mio inconscio non è cretino fino a questo punto, non ci tiene a farsi notare. Semplicemente, non mi era nemmeno passato per la testa il dovere elementare di informarlo. Non pensavo che fosse il tipo di comunicazioni adatto a lui. E così, invece di tornare per pranzo, partii con i miei amici per Firenze e mi ripresentai a casa, molto soddisfatto, due giorni dopo, canticchiando *I'm Waiting For The Man*. Lo trovai lì, seduto immobile su una poltrona vicino all'ingresso, con un libro in mano, e gli bastò alzare lo sguardo perché comprendessi l'enormità che avevo commesso. Non era arrabbiato, era *offeso*. Non ci furono spiegazioni né punizioni, ma una sola frase, sei parole pronunciate nel tono dolente di chi subisce un'ingiustizia che adesso, dopo una lunghissima latenza di più di trent'anni, erano riemerse sull'orizzonte della memoria: «io non sono quello che credi».

Una persona che ti entra in casa mentre dormi, lasciandosi dietro un esplicito segnale del suo passaggio, è dotata di un coraggio, o forse meglio di una disperazione, non comune. Per un ladro, potrà anche trattarsi di un modo come un altro di guadagnarsi il pane, ma se non esiste uno scopo materiale allora siamo di fronte a un carattere psicotico decisamente pericoloso. E il fatto di non aver cambiato immediatamente la serratura, aspettando la prossima mossa della Visitatrice, me lo spiego, ora che sono passati quasi dieci anni dal trasloco, come un effetto di quel sentimento di irrealtà che aveva pervaso la mia coscienza di me e del mondo circostante. Ogni volta che iniziavo un nuovo foglietto di «cose da fare» (una lista troppo lunga avrebbe finito per umiliarmi) puntualmente annotavo di cercare il modo di cambiare l'intestazione delle bollette di mio padre (la mitica *voltura*) e di far mettere una nuova serratura alla porta. La temporanea dimenticanza che mi garantiva questo rito durava poco, ma la preoccupazione che risaliva non era abbastanza intensa da farmi decidere a mettere in sicurezza la mia nuova casa, e magari, per quanto ne sapevo, la mia vita. Mi è sempre piaciuto il modo di dire «prendere il toro per le corna», proprio perché è abbastanza assurdo da risultare consolatorio per i caratteri infingardi come il mio: le seccature sono tori dai quali è bene girare alla larga, non gattini, e provate voi a toccargli le corna. Così, mentre leggevo fino a tarda notte *Simboli della trasformazione*, ogni tanto mi capitava di trasalire per gli innocenti passi di un vicino sul pianerottolo, o per il rumore del vecchio ascensore, ma poi dormivo profondamente, come se fosse tutto un frutto della mia immaginazione. Eppure, il piattino da caffè e la cicca macchiata di rossetto erano lì, in uno dei tanti cassetti vuoti della scrivania. Se non ricordo male, lo stesso dal quale avevo estratto il librone di Jung.

Passarono pochi giorni, e mi resi conto di aver ricevuto una seconda visita. Andò così: una mattina, dopo aver sbrigato un lavoro, mi ero preparato il pranzo e volevo vedere il telegiornale mentre mangiavo. Pigiando il tasto del telecomando, mi resi conto che non funzionava, la tv rimaneva spenta. Dopo aver provato un po' di volte da varie posizioni, come si fa in questi casi, ho aperto il comparto delle pile per verificare se fossero accidentalmente uscite dal loro alveo, perdendo il contatto con la piccola molla alla base. E con un sentimento di vero terrore avevo scoperto che di pile ce n'era una sola. Com'era possibile? L'ultima cosa che avevo fatto la notte prima, al momento di andare a dormire, era stata usare il telecomando per spegnere la tv. Me ne ricordavo benissimo: era domenica, avevo guardato una gara di Formula Uno che si svolgeva in qualche luogo distante molti fusi orari. Poi mi ero alzato e avevo lavorato sul divano dove ora scrutavo imbambolato il retro del telecomando, anelando a una spiegazione che non arrivava. Poteva in effetti essere un gesto tipico della Degenerata: se le fosse per qualche motivo servita una pila, la immaginavo capacissima di prendersene una ovunque l'avesse trovata. Ma non si era fatta viva quella mattina, e forse fu l'unica volta che ho rimpianto la sua assenza. Non ero uscito nemmeno cinque minuti: mi ero svegliato tardi e mi ero precipitato a finire un articolo che avevo promesso di mandare al giornale entro l'ora di pranzo. Chiunque avesse preso la pila, doveva averlo fatto a notte fonda, nell'intervallo di tempo che va dal momento in cui avevo spento la tv a quello del mio risveglio. Ma poi, era inutile girarci intorno: quello era lo stile perverso e sfidante della Visitatrice, le rumorose malefatte della Degenerata non c'entravano nulla. Dopo la manifestazione della presenza, il boicottaggio. C'era anche un'innegabile eleganza, una sottigliezza molto femminile in quel nuovo messaggio, che prevedeva il mio comportamento e le conclusioni che prima o poi ne avrei tratto, in mancanza di alternative credibili. Probabilmente, dopo un'intrusione così smaccata come la prima, la Visitatrice si era accostata alla mia porta (che ancora conservava, in alto a sinistra, il nome di mio padre inciso in bella calligrafia corsiva su una targhetta dorata) quasi sicura di trovarla sbarrata da una nuova serratura. Ma quando aveva girato la chiave con la necessaria cautela, senza incontrare resistenza... Immaginavo il suo sorriso, appresa la notizia che partecipavo al gioco. Continuando a non fare nulla, non solo le suggerivo di proseguire, ma la istigavo ad alzare la posta. Cosa avrebbe potuto fare la prossima volta? Aprire il gas? Arrivare al mio letto con un coltello in mano? E io, avrei scritto un'ennesima volta *cambiare la serratura* nella lista delle cose da fare? Ma soprattutto, e questo era un mistero anche più grande di quello dell'identità della Visitatrice, perché continuavo (e verosimilmente avrei continuato) a dormire così tranquillo?

Accanto ai quaderni e agli album da disegno, il museo di mio padre ospita una notevole quantità di sassi: anche loro il risultato di un'abitudine, di una specie di disciplina. Quando non scriveva, non disegnava, non leggeva dalla prima all'ultima pagina lunghissimi e spesso complicati trattati di psicologia e filosofia, mio padre *lucidava sassi*: e se ne è lasciati dietro una quantità non meno stupefacente di quella dei quaderni e degli album da disegno. A un certo punto della sua vita, che coincide con la mia infanzia, si era buttato nell'impresa con una tenacia che poteva far sospettare il desiderio di lucidare tutti i sassi del mondo: come per collaborare, con quell'umile e monotono servizio, alla bellezza universale. Perse l'abitudine solo quando, invecchiando, le articolazioni della mano iniziarono a fargli male: perché si tratta di un lavoro molto più faticoso di quanto possa sembrare. Come accadeva con i disegni, la quantità prodotta possedeva un profondo significato etico e morale. Ogni disegno, ogni sasso, oltre a valere in sé e per sé, alludeva sottilmente all'impossibilità di un disegno, di un sasso perfetto. Di tutto quello che facciamo, si può dire la stessa cosa: lavoriamo all'uncinetto intorno a quel nucleo di incapacità, alla consapevolezza di non essere in grado. Creazione e Disperazione sono sorelle, e come tutte le sorelle amano scambiarsi i vestiti, contraffarsi a vicenda. L'Ostinazione è la loro madre. Come un cercatore di pepite d'oro, mio padre partiva per le sue spedizioni, e non tornava prima di aver fatto un'adeguata scorta di ciottoli ovoidali o sferici, arrotondati da chissà quali avventure millenarie in corsi d'acqua, oceani, ghiacciai. Al momento in cui si piegava a raccoglierli per infilarli nella borsa, quei ciottoli erano cose del tutto insignificanti, briciole cadute dalla tovaglia del mondo, e difficilmente qualcuno avrebbe indovinato che esisteva un modo per riscattarli dal loro anonimato, farli brillare come gemme preziose e occhi di animali notturni. L'opaca patina, simile a polvere, di cui il tempo aveva rivestito quei sassi faceva presagire ben poco di quello che sarebbero diventati tra le mani di mio padre. Ma lui sapeva come guardarli: aveva gli occhi di Ermes bambino, che nel guscio di una tartaruga che camminava ignara davanti alla sua caverna riconobbe, come assicura il mito, la forma di uno strumento musicale. Il giovane dio, senza pensarci due volte, squartò l'animale, e ne venne fuori una lira. Il sistema di mio padre era meno cruento. Arrivato a casa con il suo bottino, sceglieva un ciottolo dal mucchio e iniziava a strofinarlo con la carta vetrata. Questo lavoro di politura era lungo, ci volevano giorni, settimane per terminare un singolo sasso. A un certo punto della lavorazione, bisognava cambiare il tipo di carta vetrata, iniziando a sfregare le superfici con una grana più fina. Da un anfratto della scrivania sono spuntati dei rotoli che non aveva finito di utilizzare, un intero set. Come dicevo, la quantità dei sassi che mio padre ha lucidato fino alla perfezione è tale che non sono riuscito nemmeno approssimativamente a calcolare il numero di ore che ha trascorso, impassibile, a svolgere quel lavoro noiosissimo e meccanico, basato sulla ripetizione di un solo movimento del pollice e dell'indice. Forse si trattava di un metodo per dislocare il centro della personalità verso la periferia, dalla mente inquieta ai polpastrelli laboriosi, tenaci. Oggi restano questi sassi di cui si circondava, qui a casa e anche in campagna, sistemandoli in varie composizioni su piatti e vassoi. La maggior parte li ho trasferiti in cantina e in altri ripostigli, ma non sono riuscito a buttarne nemmeno uno: sono tutti bellissimi, senza eccezioni. Perché dopo un po', sfrega che ti sfrega, appariva una cosa totalmente diversa da quella che mio padre aveva raccattato per terra. Ora quei ciottoli risplendevano come se fossero adagiati sul fondo di una sorgente cristallina di montagna. E nello stesso tempo erano animati da una luce interna, da un'energia irradiante. Tutti i loro colori erano accesi, vividi, pulsanti come smalti. E così sono rimasti, perché l'incantesimo è duraturo se non eterno, mi basta sollevarne uno e ho la sensazione di tenere nella mano un mondo intero, con tutti i suoi dèi e i suoi enigmi. D'altra parte, quando parliamo di un mondo o di un cosmo è come se parlassimo di una psiche: ogni singola psiche con la sua forma irripetibile, la sua atmosfera e densità minerale, il suo nucleo ardente. Sulla superficie tersa dei ciottoli, le screziature descrivono anelli che fanno pensare a una segreta parentela fra la pietra e il legno, oppure si diramano in esili serpentine simili a fulmini in un cielo nero e profondo, gravido di pioggia. Alcuni pezzi più rari, tra il purpureo e il violaceo, sono simili a organi o ghiandole intrisi di sangue arterioso. Ho un ricordo lontanissimo di mio padre che mi spiega i segreti dell'arte di lucidare sassi. Probabilmente eravamo in vacanza, nella casa in Calabria, dove la mattina presto andava a cercare i ciottoli più belli sulla spiaggia ancora deserta o seguendo il letto di un fiume estinto. Di sicuro c'è che era estate, perché se ne stava seduto da qualche parte in canottiera, spiegandomi le virtù demiurgiche e suscitatrici della carta vetrata. È un ricordo vecchio, forse in assoluto il più vecchio che ho di lui, intriso di luce e solenne come si addice a tutte le trasmissioni di segreti. Potevo avere tre anni, ma evidentemente era l'età giusta per imparare la differenza tra un sasso qualunque e un sasso lavorato, con metodo e pazienza. Forse, senza saperlo, quella era la mia prima lezione di scrittura, e senza dubbio, se ancora la ricordo, anche la più efficace. Perché le parole sono identiche ai ciottoli di mio padre, non possiedono nessuna qualità evidente, non sono né brutte né belle, si confondono tra milioni di altre ugualmente opache e usurate. L'inerzia delle parole è la mancanza di significato. Tutto sta nello sfregarle, e poi sfregarle ancora, e ancora – rasentando la demenza. E quando le cose non vanno, e passo un pomeriggio intero di fronte al dannato schermo del pc a scrivere una frase per poi cancellarla, e le ore passano, e diventa palese che non era giornata, alla fine è lui che mi viene in mente, con i suoi rettangoli di carta vetrata – grana grossa, grana media, grana fine. Che altro potrei fare? Ricomincio a sfregare.

L'aria si faceva ogni notte più tiepida e profumata. Quando socchiudevo la finestra, si spandeva nella casa il profumo dolcissimo di certi precoci fiori notturni del giardino di una vicina. Me ne stavo lì, ascoltando i rumori della notte, leggendo il librone di Jung, di solito seduto sulla poltrona di mio padre, dietro la scrivania, proprio come un bambino che gioca a fare il papà. Era anche una specie di penitenza, oltre che un gioco: mi ero accorto ben presto che, a differenza di quella riservata ai pazienti, questa poltrona era sì girevole, ma scomoda. Nel passare degli anni, si doveva essere quasi sfondata, e qualcosa sporgeva, forse una molla, costringendo chi ci sedeva sopra a cercare continuamente la posizione meno fastidiosa. Come ho già detto, non uso quasi mai quella poltrona e quella scrivania, ma avevo concepito l'idea o la superstizione che, se nel libro che aveva tanto rapito la mia attenzione era in effetti nascosto un messaggio efficace, che dovevo decifrare, potevo anche sforzarmi a riprodurre le condizioni in cui mio padre l'aveva maneggiato. Eppure, quella fastidiosa molla che finiva per procurare il mal di schiena, a forza di contorcimenti, mi dava da pensare. Mio padre amava tenere le sue cose sempre linde e funzionanti, e conosceva ogni tipo di riparatori, per i quali nutriva un'autentica venerazione, forse considerandoli come colleghi nel campo degli oggetti materiali. Perché allora si era inflitto quella lieve ma persistente tortura quotidiana? Una delle prerogative, ma anche dei doveri, dei guaritori è stare fermi nello stesso punto: come la statua di Apollo a Delfi, colorata dai suoi pigmenti segreti; come la mela di Guglielmo Tell. Ci mancherebbe solo, per disorientare irrimediabilmente un'anima ferita, doversi confidare con qualcuno che cammina avanti e indietro. Dunque perché non aveva provveduto alla poltrona, con tutti i suoi amici tappezzieri? Non avrebbe tollerato un fastidio analogo per il fondoschiena dei suoi pazienti. Poteva trattarsi di un geniale espediente per mantenere l'attenzione sempre desta. Il suo era un lavoro creativo, oserei dire per molti versi artistico, e la creatività ha sempre bisogno, per dispiegarsi pienamente, di un certo grado di disagio, trasformato in fonte di energia.

Mi ero reso rapidamente conto che, a meno di non essere molto ferrati in materia, la lettura di Carl Gustav Jung è una delle esperienze più ardue che si possano affrontare. Questo grande conoscitore dell'animo umano detesta menare il can per l'aia, e prende volentieri il largo, per così dire, generando nel giro di dieci pagine una specie di mal di mare intellettuale. Più che andare avanti, si ha la sensazione di tornare continuamente indietro, alla ricerca del punto dal quale non si è capito più nulla. Bisogna aggiungere che il grado di bizzarria e arbitrio di *Simboli della trasformazione* ne fa un caso unico anche all'interno dell'opera dello psicologo svizzero. La psiche che si aggira inconsapevolmente, e incolpevolmente, sul baratro della schizofrenia (come segnala il sottotitolo definitivo, *Analisi dei prodromi di un caso di schizofrenia*) è quella di Miss Miller, una giovane americana che non ha nulla a che vedere con le famose isteriche, come Anna O. e Dora, studiate da Freud, che hanno fornito con i loro sintomi e con le loro memorie le informazioni e le esperienze necessarie alla nascita dell'arte psicoanalitica. Queste donne erano delle pazienti, e le informazioni provenivano da un processo di cura ed eventuale guarigione: veri e propri «casi clinici», come si dice tecnicamente. Jung invece non aveva mai conosciuto e mai conobbe Miss Miller, che a sua volta non avrebbe mai immaginato che nel 1912 sarebbe uscito un libro di centinaia di pagine, dotato di un'imponente apparato di illustrazioni, dedicato alle sue fantasie e firmato da quel medico che, pur avendo solo trentasette anni, era già un guaritore secondo solo a Freud per eminenza, famoso per i suoi studi sulle associazioni verbali e su quella terribile *dementia praecox* che nessuno a quei tempi sapeva bene come curare, e che in seguito si sarebbe definita schizofrenia. Veniva dall'Alabama, dove era nata nel 1878, e aveva uno strano nome maschile, Frank Miller, proprio come uno dei massimi geni del fumetto, l'autore di *Batman – Il ritorno del Cavaliere Oscuro*. Jung in un primo momento pensava addirittura che fosse uno pseudonimo. Ma questa distanza poteva essere un vantaggio per le sue teorie, visto che all'epoca una delle accuse più frequenti che venivano mosse alla nuova scienza psicologica era proprio quella di suggestionare i pazienti inducendoli a fornire notizie viziate, corrispondenti ai desideri dei ricercatori. Obiezione più che sensata: ma in questo caso nessuno avrebbe potuto accusare Jung di aver suggestionato una perfetta sconosciuta. La sua unica fonte di informazione consisteva in un saggio che l'americana aveva pubblicato nel 1905 su una rivista scientifica, gli «Archives de Psychologie», stampata a Ginevra da un altro pioniere della psicologia, Théodore Flournoy, che Jung considerava un «amico paterno». Questo saggio, intitolato *Alcuni esempi di immaginazione inconscia creativa*, è una specie di esperimento su sé stessa. Miss Miller, dopo aver esposto qualche esempio del suo carattere estremamente suggestionabile, riporta due poesie composte al confine tra sogno e veglia, seguite da un più lungo e complesso «dramma ipnagogico», in cui una specie di guerriero azteco, Chiwantopel, racconta la sua lunga e infruttuosa ricerca di un'anima gemella, e dei viaggi fatti per trovarla. Gli «Archives de Psychologie» non erano una rivista letteraria, e Miss Miller non aveva pubblicato queste sue creazioni come un esempio del suo talento artistico. Era abbastanza intelligente e dotata di gusto per comprendere di non essere una grande scrittrice. Prevaleva, come si vede fin dal titolo del memoriale, l'interesse scientifico delle sue esperienze. Semplificando al massimo, si potrebbe dire che Miss Miller, in determinate occasioni, veniva *visitata* dai contenuti della sua immaginazione, che finivano per apparirle come provenienti dall'esterno, e dunque sovrannaturali. Qualcosa di molto simile alle esperienze fatte nel periodo di Formia da mio padre, che le chiamava «invasioni». In una certa misura, questa sensazione di essere travolti da una forza estranea è del tutto normale e testimoniata dai poeti fin dall'antichità nei termini di una vera e propria possessione. Ma Miss Miller non pensava di essere in relazione con Apollo o con le Muse. L'«immaginazione inconscia creativa» che si impossessa di lei e, per così dire, le detta i suoi versi emerge da una costellazione di innocenti stramberie che formano come il perimetro di un carattere ipersensibile e apprensivo, non molto diverso da quello di tante deliziose e benestanti signorine americane che viaggiano in Europa nei romanzi di Henry James: prede di tutti i marpioni, di tutte le esalazioni mortifere, di tutti i misteri marciti del Vecchio Mondo. Miss Miller però se la sapeva cavare, e dopo un paio d'anni in Europa se ne tornò a casa più bella e più forte di prima. Solo Jung intuì il pericolo che correva. Non è nemmeno chiaro, da come le descrive, quanto impaccio le procurassero le piccole bizzarrie che racconta. Niente di grave, in ogni caso: per un «curioso fenomeno», Miss Miller tende a far proprie le impressioni degli altri, anche se non le ha mai provate. Per esempio, va pazza per il caviale, ma se qualcuno in famiglia manifesta un disgusto per l'odore e il sapore di questo cibo, tale repulsione diventerà anche la sua, sicché Miss Miller avrà bisogno di un po' di tempo per ritrovare il caviale «delizioso come sempre». Questi fenomeni transitori di mimetismo funzionano anche al contrario: l'acqua di Colonia le sembra sgradevole, ma basta che una signora gliene parli bene, ed ecco che piace un sacco anche a lei. Quando ascolta o legge una storia che le interessa la giovane donna ha la sensazione di prendere realmente parte alla vicenda, e l'illusione «può durare fino a un minuto». Un'altra suggestione, più fugace ma intensa, riguarda i viaggi per mare, molto amati: se qualcuno le mostra la fotografia di un piroscafo, lei ha la sensazione di sentire il rumore dei motori e il sollevarsi delle onde. Un altro fenomeno è ancora più interessante: un giorno, dopo essersi fatta la doccia, Miss Miller si avvolse l'asciugamano intorno ai capelli; quella forma conica sulla sua testa le fece venire in mente una tipica acconciatura egiziana, e naturalmente eccola lì, immobile di fronte allo specchio appannato, membra rigide e piedi in avanti, convinta di essere la statua di un Faraone. Se Miss Miller è facile a suggestionarsi, può anche capitarle di suggestionare il prossimo: lavorando con un disegnatore, riesce a trasmettergli un'immagine vivida e precisa del lago di Ginevra, dove lui non è mai stato. Il disegnatore si sente usato da lei come lui usa la sua matita. Terminato questo breve elenco di innocenti manie, Miss Miller passa alla descrizione delle fantasie «ipnagogiche» e delle loro circostanze immediate. Anche qui non sembra emergere nulla di più grave di una certa eccitabilità nervosa: riesce difficile capire perché Jung ci vedesse un segnale di allarme, la testimonianza di una personalità che, fallito il tentativo di riscatto, è in procinto di affondare nell'inconscio e nelle proprie mitologie ancestrali. Tanto più che Miss Miller – così come Flournoy, che le pubblicò le memorie aggiungendo una cordiale introduzione – era mossa da un'intenzione di tipo illuminista: in un'epoca in cui la pratica delle sedute spiritiche dilagava in Europa e in America, le sue esperienze potevano facilmente essere scambiate per quelle di una delle tantissime medium possedute dagli spiriti dei morti, come lei lo era dalle visioni poetiche e mistiche. Ebbene, ricostruendo nei minimi dettagli le minute circostanze di questi episodi ai confini della coscienza, Miss Miller voleva dimostrare che tutti questi fenomeni legati al concetto di «possessione», erano perfettamente spiegabili sul piano razionale. L'illustre professor Flournoy, che a Ginevra aveva fondato un laboratorio di ricerche psicologiche, aveva lui stesso condotto una lunga e raffinata indagine sui discorsi incomprensibili di una veggente che sosteneva di parlare l'indiano e addirittura il marziano, trovando per tutto una spiegazione naturale. Jung, a sua volta, si occupava di spiritismo fin dai tempi della tesi di laurea. Stimava moltissimo Flournoy e le sue ricerche, e aveva riconosciuto nelle pagine di Miss Miller il punto d'appiglio di una teoria dell'evoluzione psichica del tutto inaudita; singolarmente, però, non mostra alcun interesse per la prospettiva razionalizzante di Flournoy e di Miss Miller. Ai suoi occhi, importa ben poco distinguere tra eventi naturali e sovrannaturali. Negli anni in cui si prepara a scrivere *Simboli della trasformazione* è ossessionato dallo studio della mitologia. Le letture e la pratica di medico lo hanno sempre più convinto che la mitologia e la schizofrenia sono manifestazioni simmetriche. Si potrebbe dire che da un pensiero in continua ebollizione, e per molti aspetti poco chiaro per lo stesso Jung, emerge un'idea: ciò che per l'umanità è l'immenso sedimento sotterraneo della mitologia, nel singolo individuo si manifesta come patologia. È un'immagine terribilmente drammatica dell'esistenza quella che ne viene fuori. Questo inconscio collettivo, infatti, non sembra affatto, per come ne parla Jung, un'eredità capace di orientare il singolo, una bussola affidabile e sicura. C'è molta saggezza nei miti, questo lo si può concedere in astratto, ma quello che ci portiamo dietro fin dalla nascita è un mondo di pulsioni oscure e generalmente ingovernabili. La povera coscienza nuota sulla superficie di questo abisso, ma se ne viene risucchiata la sua partita è persa. Proprio questo vide Jung nelle poesie e nelle fantasie crepuscolari di Miss Miller, la sconosciuta ragazza dell'Alabama che in certe condizioni odiava il caviale e amava l'acqua di Colonia: un'anima in pericolo, sola nel mare aperto della vita, che sta per essere ghermita dai tentacoli di un'immensa, ancestrale piovra.

Mio padre amava così poco parlare di sé stesso che ogni minimo frammento di memoria, quando affiorava e veniva comunicato, acquistava per gli altri un'importanza addirittura sproporzionata, si imprimeva nella coscienza in maniera indelebile. Il nome di un cane lupo che aveva molto amato da bambino, per esempio: Bobi, proprio come il leggendario Bobi Bazlen, l'amico di Svevo, il traduttore di Freud, lo scopritore di libri unici. Quella di Bobi era una buona pista, perché invariabilmente conduceva a una figura, umana questa volta, molto più interessante del buon cagnone di famiglia. Quando ero bambino, cercavo sempre di carpirgli delle storie su zio Ninetto, il fratello della madre. In quella famiglia di piemontesi probi e operosi aveva il ruolo della pecora nera – argomento che per me, che aspiravo già da allora a diventare un membro perfettamente candido del gregge umano, così che nessuno mi notasse e rompesse le scatole, era una fonte inesauribile di meraviglia. Mio padre ne parlava con evidente affetto. Cosa avrà fatto di male zio Ninetto, eterno scapolo? A quanto pare, nient'altro che bere, giocare a carte, fumare lunghi sigari aromatici, andare a puttane. Diciamo che la sua colpa fondamentale consisteva in un'omissione: Ninetto si rifiutava di far parte della macchina del mondo. Per comprendere un carattere del genere, ancora oggi devo fare con la mente – tanto mi è estraneo – una specie di salto mortale. Faceva molti debiti, che regolarmente il padre doveva saldare, così come rimborsava i vicini delle galline azzannate da Bobi, che ovviamente era stato zio Ninetto, con la generosità d'animo tipica dei parassiti, a trovare sul ciglio di una strada portandoselo a casa. Ma questo padre di Ninetto, mio bisnonno, un severo ingegnere ferroviario con tanto di baffi a manubrio, non era meno affascinante del figlio e del cane. Perché li amava: con tutte le leggi della meccanica e della fisica di cui era imbottito, non chiedeva al figlio e al cane niente di diverso dai guai che combinavano. Certamente ci saranno state delle scenate familiari, delle prediche, dei musi lunghi, ma l'aspetto più importante di tutte le storie di zio Ninetto era l'amore *immeritato* che tuttavia – non sapevo come spiegarmelo, altrimenti – in qualche modo doveva essersi *meritato*. Del resto Bobi e Ninetto godevano dell'amore paterno come di un bene legittimamente conquistato. Non solo l'ingegner Cardone con le sue marsine e le sue tratte ferroviarie, tutti li amavano. Ma com'era possibile? Questa informazione paradossale e misteriosa si saldava con la storia del Figliol Prodigo imparata al catechismo. Se riesci a capire il destino del Figliol Prodigo e di zio Ninetto, sei arrivato nel cuore dei misteri della vita. Significa imparare ad annusare il profumo delicato della giustizia nel puzzo evidente dell'ingiustizia. Il Vangelo non lo nasconde: gli altri, quelli che rigano dritto, di questo amore immeritato che il Padre riserva al Figliol Prodigo ci rimangono malissimo. E vorrei vedere. Noi «figli buoni» siamo fatti così. L'amore ce lo siamo guadagnato. Ma è proprio su questo punto, in apparenza così indiscutibile, che abbiamo torto marcio – e non senza ragione ce lo pigliamo in quel posto. Potremo sempre dire che siamo *noi* a fare andare avanti le cose. E ammettiamo pure che sia così. Ma *loro* – i Bobi, gli zii Ninetti – hanno capito che l'amore è una merce gratuita, estranea a qualunque economia di scambio: e in questo modo, continuando imperterriti a non meritarselo, non lo hanno svilito. Il Padre ci ama di meno perché non siamo in grado di essere noi stessi; per meglio dire, ci ama perché anche in noi, in ognuno di noi, c'è un Figliol Prodigo, uno zio Ninetto che nascondiamo per la più vile delle paure: non essere amati. Non è che il Padre sia ingiusto: semplicemente, non può amare quell'involucro di affidabilità e obbedienza, perché *non esiste davvero*, ed è degno di amore solo ciò che possiede un suo ninettesco grado di realtà. Non so se mio padre mi raccontasse queste parabole con le stesse intenzioni che aveva Gesù con i discepoli. Nel corso del tempo, ho cominciato a pensare a quel fantasma come a un uomo forte, con le spalle larghe, in grado di sopportare il peso dell'amore che non aveva fatto nulla per guadagnarsi. Giocava a dadi, non trovava uno straccio di lavoro, seduceva le servette del paese. Mio padre ricordava anche che era un appassionato di Wagner – aveva trovato una vecchia cartolina che gli aveva spedito un compagno di sbronze: «a Ninetto, fratello in Wagner» – un tocco così perfetto che potrebbe sembrare inventato.

Sarà stato il fatto di andare via dal centro, dove per incontrare qualcuno e farci quattro chiacchiere mi bastava uscire di casa e sedermi al tavolino di un bar del Ghetto o di Campo de' Fiori, o attraversare l'ampio ponte pedonale per raggiungere Trastevere; sarà stato il crescente sentimento dell'evanescenza del mondo che mi imprigionava in una condizione di trasognata ottusità: in quel periodo la mia vita sociale si era drasticamente ridotta al minimo indispensabile. Quella sessuale, poi, attraversava un periodo letargico: fatto che, quando accade, non genera in me nessuna mancanza o frustrazione. Chiuso così nel mio bozzolo, mi godevo il nuovo quartiere, lavoravo, mangiavo, mi accontentavo di esistere come una pianta di cappero su un muro di pietre. Apparentemente, l'unica persona con cui intrattenevo una relazione dotata di una sua particolare, seppur perversa, verosimiglianza era la Degenerata. Aveva preso a parlarmi nello stesso tono sapienziale e pedagogico che usava al telefono con le sue protette, e mi parlava molto. Si trattava di interminabili ciance familiari popolate di peruviani residenti a Roma, un popolo di cuñadas, primos e suegras che non ne combinavano una giusta, fino al momento in cui tutto si risolveva per il meglio – come se la divina providencia non avesse di meglio da fare che sorvegliare i passi di quella gente che sembrava vivere in un canovaccio di commedia dell'arte dove scorrevano fiumi di cerveza, si tessevano colossali imbrogli e gli uomini avevano la cattiva abitudine di ingravidare le chicas sbagliate, in occasione di feste e ricorrenze familiari lunghe e affollate come banchetti omerici. Quanto a lei, in quel mondo dominato dalla malizia e dalla lussuria si riservava un ruolo puramente narrativo. La vita, come a volte lasciava intravedere senza mai approfondire, l'aveva ampiamente desilusionada, rendendola saggia e impassibile come uno scrittore verista. Da quel romanzesco groviglio di calunnie di suocere e rappresaglie di nuore, permessi di soggiorno scaduti e amori ai limiti dell'incesto venne fuori a un certo punto una vicenda che mi colpì perché riguardava proprio una cerradura della puerta e le relative chiavi, usate da qualcuno che era sparito da molto tempo e tornato all'improvviso nella vecchia casa, quando tutti pensavano che fosse morto o rimpatriato, generando ovviamente una serie di guai. Ricordo bene la Degenerata che mi racconta questa storia, una specie di versione peruviana del *Colonnello Chabert* di Balzac ambientata agli estremi margini settentrionali di Roma, mentre mangia le sue uova sode, cospargendole di un pizzico di sale a ogni morso. Le folgori nere degli occhi. I casi raccontati potevano essere infiniti, ma nella narrativa di Rocio c'era una sola morale: gli uomini sono fatti per passare la loro vita appresso alle donne. Una alla volta, o più di una contemporaneamente, a seconda dei temperamenti. Anche a costo di ingravidare cuginette e cognatine, come succedeva ai Tony e agli Andrew protagonisti dei suoi racconti. La Degenerata disapprovava apertamente lo stile di vita monacale che avevo adottato: che campavo a fare, tra gli scatoloni del trasloco, senza una donna in quella casa così grande e spoglia? Ero ancora abbastanza guapo, ma il tempo passa. E un vecchio che rimane solo, rimane solo. Perché non ero mai enamorado? Si vedeva. Nessuno vede nella vita di un señor come una povera limpiadora. Un bel giorno uno si sveglia, e il tempo di godersi la vita è finito. L'impertinenza di quella donna aveva smesso di stupirmi da molto tempo, e per quanto ne sapevo la Degenerata poteva benissimo avere ragione. Ma quella che sembrava un'inutile disputa accademica prese tutt'altro tono un pomeriggio piovoso in cui lei, non sapendo che altro fare, si era piazzata in casa adducendo a pretesto di aspettare l'ora di andare a prestare i suoi inestimabili servigi a una delle tante señoras immaginarie dei dintorni. Me la trovai ai piedi del letto in camera mia, dove mi ero rifugiato a lavorare aspettando che una buona volta levasse le tende. Forse, esordì senza preamboli, mi avrebbe fatto piacere partecipare alla festa di compleanno di una sua carissima amica e cugina: in un ristorante peruviano dalle parti di piazza Bologna, famoso per le decine di ricette di pollo nel menu. Non ero mai stato al Chicken Planet? La festeggiata si chiamava Paradisa: pura verdad, stampata sul passaporto. A quarant'anni, sembrava ne avesse ancora venti, da quanto era linda. Linda e buona: perché le traversie e le delusioni della vita non avevano intaccato il suo animo mite e solare. La Degenerata le aveva tanto parlato di me: a differenza di lei, povera donna brutta e ignorante, Paradisa amava i poeti, i cantanti, tutti gli hombres che lavorano con la testa! Sapeva i nomi degli artisti, così assicurò, qualunque cosa volesse significare. Aveva mostrato a Paradisa, aggiunse brandendo il telefono, tutto quello che veniva fuori digitando il mio nome su Google – una propaganda sopraffina ed efficace, visto che proveniva, mi assicurò, dalla stessa Paradisa l'idea di invitarmi al compleanno. Poi si sedette sul letto, pronta a mostrarmi le foto di Paradisa nel telefono – come un argomento definitivo di persuasione. Risalivano, quelle foto, all'estate prima, perché la donna era in costume, in posa su una sedia a sdraio nei pressi di una piscina. E in effetti, Paradisa sembrava molto bella: i grandi seni gonfiavano i triangoli del bikini come fossero vele sospinte da un vento favorevole. Al posto degli occhi, come la Degenerata, due liquidi abissi del colore della notte più buia, della seta più nera. Ma i lineamenti erano dolci, lievemente appesantiti dal tempo, rassicuranti. Non è proprio una puttana, precisò la sua amica come se mi avesse letto nel pensiero. Il tempo della vida loca era passato anche per lei. C'erano stati, in passato, i soliti uomini fasulli e malvagi, che l'avevano illusa con promesse di sfilate, e addirittura ruoli nel cinema. Ma se una donna ha cervello, come Paradisa, alle promesse degli uomini non crede mai. Con la maturità, quello che prima era un mestiere era diventato un gioco. Certo, non si può dire che non accettasse soldi dagli hombres, ma a parte qualche vecchio cliente... Non è un bel mestiere, aggiunse sospirando. Sapeva fare anche le pulizie, ma non era molto brava (detto da lei, quest'ultimo dettaglio lasciava intravedere abissi inesprimibili di incapacità). Come se avessi già accettato l'invito (ma in effetti il bikini di Paradisa mi aveva adescato come meglio non si potrebbe), la Degenerata si incaricò di trovarmi un pequeño regalo per l'amica, e seduta stante mi sfilò cinquanta euro. Non più di qualche ora prima, avevo provato mentalmente un ennesimo, ciceroniano discorso di licenziamento, pieno di umanità e dignità. Ed ecco – sono questi i prodigi della volontà umana – che mi stavo annotando l'indirizzo del Chicken Planet.

Se non avessero funzionato come un detonatore nella mente di Jung, generando una serie di esplosioni a catena che lui stesso non fu in grado di governare, nessuno probabilmente avrebbe mai ricordato le fantasie dell'ipersensibile Miss Miller, la ragazza dell'Alabama che amava il caviale, ma ne era disgustata se sentiva qualcuno parlarne male. Anche il suo nobile tentativo di dare una spiegazione razionale a esperienze interiori che potevano apparire sovrannaturali e riconducibili al mondo degli spiriti, sarebbe rimasto seppellito tra le pagine ingiallite del quinto volume degli «Archives de Psychologie». La stragrande maggioranza di quello che si scrive, non importa se con intenti pratici o artistici, in effetti è destinata alla dimenticanza più totale. La quantità di scritti che gode di un'effettiva durata nel tempo (come certi classici della narrativa, certi trattati filosofici o scientifici, certi resoconti storici) è talmente esigua da essere probabilmente irrilevante dal punto di vista statistico, tanto che la scrittura, nata come salvaguardia e potenziamento della memoria, sembrerebbe in realtà una formidabile macchina della dimenticanza. Il breve resoconto di «Miss Frank Miller di New York», come si firmò, dopo aver incontrato qualche lettore di quella severa rivista scientifica – già di per sé destinata a un pubblico esiguo di specialisti – sarebbe ben presto rotolato nel grande Pozzo dell'Oblio, se non fosse capitato nelle mani di Carl Gustav Jung al momento giusto. Sia pure nelle vesti di qualcuno che sta per soccombere alla schizofrenia, come un'eroina tragica il cui fato nemmeno gli dèi potranno modificare, Miss Miller e le sue fantasie crepuscolari si sono assicurate una lunga e duratura posterità. Jung, da parte sua, ammise senza difficoltà che c'era molto di lui nella giovane americana: come Flaubert, avrebbe potuto affermare *Miss Miller c'est moi*. Via via che procedeva a scrivere *Simboli della trasformazione*, visse in condizioni di spirito che se non erano «prodromi» della pazzia, poco ci mancava. Intorno al 1910 si era immerso negli studi mitologici «come un folle», ricorda lui stesso, ricavandone una vera e propria «montagna di materiale» che aveva finito per piombarlo «in una totale confusione». Aveva la sensazione di aggirarsi in un ospedale psichiatrico, un «fantastico manicomio» dove al posto dei soliti pazienti c'erano ninfe, dee, centauri. Le fantasie di Miss Miller, con il loro «carattere mitologico», gli arrivarono come una specie di salvagente in quel tempestoso mare simbolico. Ci trovò, o volle trovarci, che in fondo è la stessa cosa, un'immagine credibile della mente umana e dei suoi conflitti più arcaici e distruttivi. Più procedeva nell'indagine, più diventava inquieto. Faceva sogni che lo riportavano puntualmente a Freud, e alle conseguenze disastrose che il libro avrebbe prodotto nelle loro relazioni, dopo aver recitato per anni – con qualche fatica da parte di entrambi – i ruoli del padre e del figlio. Una volta sognò di essere in alta montagna al confine tra Austria e Svizzera: gli appare un uomo anziano, un ufficiale della dogana austriaca, che gli passa davanti senza notarlo, con un'espressione malinconica e accigliata; lo informano che è uno spettro, «uno di quelli che non possono morire veramente». Come i vampiri, gli zombie, i rimorsi. Il sogno era come un campanello di allarme, almeno per come lo intese il sognatore stesso: non bastava distaccarsi sul piano del pensiero, la figura del «vecchio doganiere» era frutto di una proiezione paterna su Freud, «ancora ben lontana dall'essere scomparsa». Bisognava, insomma, recidere con più energia quel legame così importante e così soffocante. «Dopo una pausa» – scrive stranamente Jung, come se si trattasse di un film visto al cinema o uno spettacolo teatrale – iniziava la seconda parte del sogno: adesso è a Basilea, ma è una Basilea che per certi aspetti assomiglia a Bergamo; in questa città ibrida e onirica è l'ora di pranzo di un luminoso giorno d'estate, i negozi chiudono e la gente si avvia verso casa; solo il sognatore fa caso all'apparizione di un cavaliere medievale armato di tutto punto, con una croce rossa ricamata sulla cotta di maglia. Mentre il vecchio doganiere era un'apparizione sul punto di svanire, quella del cavaliere, che ricorda a Jung le leggende del Graal lette da bambino, è piena di vita, di luce. Jung comprese che quel cavaliere rappresentava le sue ricerche sulle fantasie di Miss Miller. Indicava il futuro, una direzione da percorrere oltre la palude dei dubbi, degli scoraggiamenti. In gioco non c'era solo una questione personale tra il maestro e l'allievo, ma ciò che il guaritore può offrire ai suoi malati. Da uomo di città Freud, il vecchio doganiere mezzo vivo e mezzo morto, si stupiva fin troppo facilmente delle bassezze della natura umana e della sfera degli istinti. Non aveva da offrire ai suoi pazienti che una serie di «limitazioni». Quanto a Jung, era cresciuto in campagna, in un mondo non tanto diverso da quello dei romanzi di Rabelais. Per lui, fin dalla prima infanzia, era normale che «i cavoli prosperassero nel concime». Conosceva bene gli uomini, e intendeva offrire loro qualcosa di diverso. Qui sta il vero motivo della rottura con il maestro: non in una dottrina, ma nell'idea della cura. Bisogna cambiare la vita dei pazienti, a questo servono i guaritori. Una forma di vita però «non può essere abbandonata se non ne riceve un'altra in cambio». Miss Miller, e il cavaliere con la sua grande croce rossa ricamata sul petto, erano i simboli di quest'altra cosa che doveva sostituire la sofferenza.

«Tutto il mio essere», ricorderà Jung molti anni dopo, *«cercava qualche cosa che potesse dare un significato alla banalità della vita».*

È stato solo dopo la terza incursione della Visitatrice che mi sono deciso a mettere fine – almeno per quello che era in mio potere – al gioco, sempre più pericoloso. Questa volta si era avvicinata molto di più, percorrendo il corridoio, forse guidata dalla luce del bagno accanto alla camera da letto, che tengo sempre accesa perché non riesco a dormire al buio. Sì, proprio così, ho paura del buio, ma avevo lasciato ancora una volta la strada libera a una potenziale maniaca omicida, comunque a una persona sicuramente disturbata. Ma insomma, per arrivare fino al lavandino, dove aveva sistemato in bella vista una lattina vuota di birra Tuborg da cui spuntava il gambo di un fiore scarlatto, credo una dalia, era passata a pochissima distanza dal mio letto, forse soffermandosi a guardarmi mentre dormivo ignaro, colpevole tuttavia di averle lasciato un'altra volta piena libertà di intrufolarsi in casa mia. Doveva essere, la Visitatrice, ancora più incosciente di quello che credevo. Tutto poteva sembrare una trappola, e comunque la luce stessa poteva essere il segno che fossi sveglio, magari a leggere a letto. Forse si augurava di essere scoperta; o forse conosceva le mie abitudini più di quello che ero disposto a sospettare. Sistemai la lattina con il fiore accanto al piattino da caffè e al mozzicone, nel cassetto della scrivania. Quel poco che so di queste faccende deriva da qualche puntata di *Chi l'ha visto?* e *Quarto grado*, ma era facile immaginare che quella roba potesse essere piena di impronte digitali e tracce di DNA. Avevo anche pensato di aggiungere un foglio di istruzioni, spiegando che si trattava di corpi del reato utili alle indagini... Ma quali indagini? Fu proprio mentre compilavo quell'insensato documento che mi resi conto della mia incoscienza. Quella pazza, a forza di sentirsi invitata a continuare con le sue incursioni, poteva benissimo decidere di assalirmi, la prossima volta. Non ci doveva essere una prossima volta. Sfruttai quel momento di consapevolezza, temendo che si perdesse rapidamente nella solita nebbiolina di inerzia. Le uniche cose che faccio realmente sono quelle che non ho avuto il tempo di appuntare nella lista delle «cose da fare». Grazie a internet scoprii all'istante che una delle faccende più facili da organizzare, in questa città dove ogni iniziativa rischia di diventare inconcludente, è cambiare le serrature delle porte. Decine di aziende promettevano addirittura un intervento «immediato»: era proprio la parola giusta per me. E in effetti, non era passata nemmeno un'ora dalla chiamata, e c'era un tizio molto affabile e loquace che armeggiava all'ingresso di casa mia. «Dotto'» mi disse quando gli manifestai il mio stupore per tutta quell'efficienza, «noi semo come er 118». Ogni giorno, mi spiegò, un numero consistente di persone chiudeva fuori casa mariti e mogli infedeli, figli degeneri che derubavano i genitori per comprare cocaina o giocare alle slot machine, fratelli violenti. Mi immaginavo tutta una folla di reietti a bocca aperta sul pianerottolo, con una chiave ormai inservibile in mano. Patti, spiegazioni, giuramenti urlati che rimbombavano nella tromba delle scale. E loro, gli angeli delle serrature, che accorrevano alla prima chiamata («ma scusi, non può capitare che ci vada di mezzo un povero diavolo innocente, che avrebbe tutto il diritto di rientrare a casa sua?» «dottò, che je devo dì, se mi' moglie me chiude fori casa, nun je posso dà torto. Nun esistono gl'innocenti, ce sò solo quelli che se fanno perdonà»). La spesa non era affatto modica («Dottò, je dura 'na vita!»), ma avevo cinque chiavi nuove di zecca, e farne il duplicato, a quanto pareva, era più difficile che contraffare un documento di accesso a una centrale nucleare. Il solo fatto di aver risolto così rapidamente la faccenda, dopo tante tergiversazioni, conquistando una specie di posizione di vantaggio, mi indusse a considerare sotto un'altra luce la Visitatrice: meno pericolosa, a conti fatti, che bisognosa. Ma di cosa, esattamente? Che voleva dal figlio del mago, così palesemente escluso dall'asse ereditario dei poteri guaritori da essere a malapena capace di badare a sé stesso? Mi risolsi ad attaccare alla porta, proprio sotto la targa di ottone con il nome di mio padre, un piccolo testo che voleva essere un segno di pace, ben protetto da una pellicola di scotch. E poco importa che i vicini mi considerassero un pazzo. Ne riproduco il contenuto a memoria, ma il tono cortese e il messaggio erano quelli.

Gentile «visitatrice»,

come avrà avuto modo di notare da qualche tempo questa casa è abitata da un nuovo proprietario. Non riesco, come è facilmente comprensibile, a viverci sereno sapendo che mentre dormo qualcuno che non conosco mi lascia dei segnali per me indecifrabili. Intuisco anche (e spero di non sbagliare) che in queste incursioni non c'è risentimento nei miei confronti, ma ho deciso di cambiare la serratura. Se ne vuole parlare, non dubito che sarà in grado di trovare un modo più canonico di manifestare la sua presenza.

Con amicizia,

                                                E.T.

II

L'oro puro del sapere profundo

A parte qualche tocco di arredamento da agenzia di viaggi (vedute di Lima, del Machu Picchu, di impervi ghiacciai andini...), il Chicken Planet non era molto diverso dai soliti ristoranti popolari di Roma, con le pareti dei vasti antri sotterranei rivestite per metà di legno chiaro, gli scaffali di bottiglie impolverate, il chiasso infernale degli avventori riverberato dai bassi soffitti a volta. Ero arrivato in ritardo al compleanno di Paradisa, la bella amica della Degenerata, perché quella zona di Roma, fatta di strade curve e concentriche, mi ha sempre disorientato, e a giudicare dal numero di boccali di birra sulla lunga tavolata in fondo alla sala i festeggiamenti erano iniziati da un po'. Appena mi vide la Degenerata iniziò a sbracciarsi, orientandomi nella direzione giusta. Mi aveva tenuto un posto accanto alla sua amica, e sembrava molto soddisfatta del mio arrivo. Con tutto il suo essere sprizzava malizia e sottintesi, come se non fosse già chiaro perché mi trovassi lì, tra quegli estranei, in quel tempio della causa limeña e dell'aji de gallina. E poi, come tutti gli altri commensali, la Degenerata era già brilla e in vena di continuare a bere (bere le piaceva, eccome: una sera, tirando fuori dal freezer la vodka per offrirla a qualcuno che era venuto a trovarmi, scoprii che la bottiglia era quasi vuota). Doveva aver parlato a lungo di me, l'intrigante, agli altri invitati: un terzetto di vecchie matrone a un capo del tavolo, e una decina di persone più giovani, tra maschi e femmine, che mi salutarono con una cordialità da vecchi amici, velata di una bonaria ironia, subito incitandomi a mettermi in pari con il tasso alcolico generale. Non era certo gente che ti guardava dall'alto in basso, o in modo ostile; quanto a Paradisa, mi piacque immediatamente: anche più che nelle foto estive che la sua intraprendente amica mi aveva mostrato sul suo telefono. Le guance arrossate dalla birra e dal calore animale del ristorante, la festeggiata mi consigliò di assaggiare del pollo fritto appena arrivato in tavola, servendomi da un immenso vassoio. Con grande naturalezza, si leccava le dita unte o le strofinava sul lembo della tovaglia. Quando rideva a qualche battuta, il grosso seno sobbalzava come se volesse liberarsi dalle spalline del vestito, già di per sé molto scollato. Muovendosi, spandeva intorno a sé l'aroma invadente di un profumo alla vaniglia al quale, in seguito, mi sarei abituato. Il cibo e la cerveza continuavano ad affluire sulla tavola in quantità pantagrueliche, e ben presto cominciai a sentirmi perfettamente a mio agio con tutti quegli estranei, che dopo avermi accolto con tanta cortesia non si preoccupavano affatto di coinvolgermi nella conversazione, che del resto mi era incomprensibile. Forse in virtù dell'oculata regia della Degenerata, forse in maniera spontanea, si venne a creare, all'interno della tavolata, una specie di bolla per me e Paradisa. Il problema è che era impossibile approfittarne in qualche modo: non solo Paradisa parlava pianissimo, sarebbe meglio dire che sussurrava, ma soprattutto, come avrei potuto ampiamente verificare in seguito, non avevamo granché da dirci. Mi ritrovai a chiederle se le piacesse Roma, che è il punto più basso di ogni conversazione umana. Pazienza: nemmeno a cercarlo per l'eternità avremmo potuto trovare l'ago nel pagliaio di un qualche argomento capace di farci scambiare più di un monosillabo. Più strano è il caso delle persone capaci di farti stare a tuo agio senza ricorrere alla conversazione: mi ero accorto da subito che Paradisa apparteneva a questa rara categoria umana. Il suo corpo abbondante e armonioso sembrava ronzare di benessere, come se riuscisse a godere intensamente e consapevolmente di quei doni della vita che di solito non consideriamo nemmeno: la forza di gravità, la respirazione, le dolci contrazioni della digestione... Da un momento all'altro avrebbe potuto mettersi a fare le fusa. Non era né timida né espansiva, né diffidente né fiduciosa nel prossimo. Una contagiosa soddisfazione prevaleva su tutto, come se dita invisibili le titillassero delicatamente, sapientemente i punti più sensibili del corpo e dell'anima. Non sono abituato a bere molto alcol, e in ogni caso le quantità consumate a quella tavola eccedevano di gran lunga le mie capacità di rimanere lucido; andò a finire che la Degenerata, nel suo ruolo di regista, ci caricò su un taxi. Non ho un ricordo preciso di come andarono le cose, nell'ex saletta d'attesa di mio padre retrocessa a camera da letto. Dormimmo fino a tardi, abbracciati come una normale coppia, avvolti da un alone di vaniglia come due prodotti di pasticceria. Al momento dei saluti, mi toccò affrontare un serio imbarazzo. Avevo sempre apprezzato e rispettato il concetto di «prostituzione». Un lavoro – qualunque lavoro – può essere svilito dallo sfruttamento; ma la cosa in sé può rimanere nobilissima, senza macchia. Ritengo che le puttane abbiano ingentilito le società, nel corso della storia, almeno quanto i pittori, i filosofi, i matematici (molti dei quali, e tra i più insigni, clienti abituali delle prime). A ispirare vergogna dovrebbero essere solo certe leggi stupide e proibitive, e i pregiudizi morali che le producono. Con tutto questo, tra l'avere un'opinione e trovarsi in una situazione mai sperimentata c'è sempre un vasto e incerto mare, e la Degenerata non mi aveva lasciato nessuna istruzione in proposito. Quanto poteva costare la compagnia di quella donna morbida, formosa, taciturna? Uno dei paradossi della società umana è che siamo tutti inestimabili, e nello stesso tempo abbiamo tutti il nostro prezzo: Marx definisce questa palese stortura, fonte di innumerevoli disgrazie e ingiustizie, il «plusvalore». Ma la maniera del tutto naturale e cortese con cui Paradisa accettò i soldi che avevo pescato nella tasca dei pantaloni, unita alla mia evidente ignoranza in materia, dissolsero nel migliore dei modi il momentaneo imbarazzo.

A parte la Visitatrice, che evidentemente faceva dei passaggi rapidissimi con le sue installazioni psicotiche, Paradisa era la prima persona con cui avevo trascorso la notte nella mia nuova casa. Assieme al cambio della serratura, il fatto mi diede la sensazione di una specie di rito, destinato a consolidare la mia proprietà. Iniziò così quello che mi è rimasto impresso nella memoria come il *periodo peruviano* della mia vita. In altre parole, le due amiche – o parenti che fossero – dilagarono, senza la minima resistenza da parte mia. Non era proprio una presenza continua, perché a volte si dileguavano nella fitta nebbia delle loro esistenze picaresche. Poi, tornando a casa dal parco, o dal supermercato, me le trovavo tutte e due sul divano a scambiarsi smalti per le unghie e a guardare la tv – telenovele, gare tra cuochi, reality di obesi gravi che tentavano di dimagrire guidati da un simpatico dottore dal cognome armeno. Mi rifugiavo in fondo al corridoio per lavorare, dopo aver guardato un po' la tv con loro.

Ricordo che per portare in ospedale uno di questi obesi bisognò abbattere un muro di casa sua, che dava sulla strada, dove lo attendeva un'ambulanza. Paradisa mi chiese se scrivevo libri come el comisario Montalbán, e con un certo rammarico fui costretto a deluderla. Mentre me ne stavo sul mio letto a lavorare, aspettavo che la Degenerata se ne andasse una buona volta per gli imperscrutabili fatti suoi. Senza che mai avessimo preso un accordo esplicito, Paradisa a quel punto mi raggiungeva in camera. Facevamo l'amore, sempre con il preservativo, cosa che mi rendeva quasi insensibile al piacere. Quella donna totalmente elusiva, rintanata nei suoi pensieri come una bestia selvatica nel bosco, mi piaceva, per motivi che non capivo mi era anche molto simpatica, ma l'attrazione che provavo per il suo corpo aveva relativamente a che fare con il desiderio sessuale. Del tutto inconsapevolmente, la sconosciuta e incomprensibile Paradisa – di cui non capivo nemmeno la metà delle parole che sussurrava, quando si decideva ad aprire la bocca – rallentava il processo di disgregazione, di evanescenza progressiva che mi faceva sentire come afferrato in un risucchio. Dopo esserci rivestiti, andavamo spesso a cena fuori, sempre in qualche posto non lontano da casa, perché invariabilmente, adeguandomi alle quantità di alcol che Paradisa era capace di consumare senza battere ciglio, finivo per ubriacarmi, cosa che avrebbe reso impossibile guidare la macchina. Dopo mangiato, iniziava la parte migliore: lei traballante sui suoi zatteroni, io del tutto annebbiato, ce ne tornavamo a casa, e ci addormentavamo abbracciati, come due persone legate da sentimenti, ricordi e aspirazioni comuni. Cercavo sempre, per queste cene silenziose e alcoliche, dei posti appartati, poco frequentati, ma a Roma non esiste vita privata, incontreresti qualcuno che conosci anche facendo una passeggiata nei canali delle fogne. Con tutta la sua innata gentilezza e riservatezza, Paradisa vestiva in modo da apparire sempre seminuda, così che se qualcuno si fermava a salutarmi, maschio o femmina che fosse, non riusciva a staccarle gli occhi di dosso, neanche fossi stato in compagnia di un cartone animato, di un dinosauro. Guardavano la scollatura, il tatuaggio di Michael Jackson sul bicipite, le lunghissime unghie smaltate di nero. Non ricavavo alcun imbarazzo da quegli incontri fortuiti, non mi è mai importato nulla di quello che la gente pensa di me, e nel corso del tempo ho imparato che in genere la gente non pensa assolutamente nulla, semmai spettegola, ma se ti metti al di fuori dei doveri della vita e dei ruoli sociali e familiari consolidati i pettegolezzi sono evanescenti, non c'è nessun gusto a sparare su bersagli già pieni di buchi. Ho sempre cercato di vivere in modo che nessuno si aspettasse nulla da me, e questo mi ha sempre messo al riparo dai giudizi. La cosa che più mi colpiva di Paradisa era la dissonanza tra il suo aspetto decisamente volgare e un innato senso del limite da aristocratica francese. L'abito e la monaca sembravano coesistere per pura scommessa. Quasi con orgoglio la Degenerata mi aveva informato che su un certo canale del digitale terrestre, a tarda notte, si poteva vedere Paradisa in mutande, due lustrini microscopici sui capezzoli, che ruotava avvinghiata a un palo da lap dance, o carponi su un divano mostrava il sedere ornato da un altro tatuaggio – un cuore trafitto dalla sua freccia. Godendo della compagnia di Paradisa in carne ed ossa, non mi era mai venuto in mente di verificare l'informazione, ma a volte, mentre ci scolavamo una bottiglia al ristorante, me la immaginavo in tanga, circondata da numeri di telefono che offrivano, un tanto al minuto o al secondo, conversazioni zozze per ogni gusto – un'esca viva per infelici cronici e adolescenti disturbati murati nelle loro stanzette –, la pelle coperta dalle scaglie colorate di una lampada stroboscopica, in sottofondo l'interminabile remix di qualche tormentone estivo. Una specie di sirena nelle più fetide e stagnanti acque della notte.

La Visitatrice, Miss Miller, Paradisa... Se ripenso a quella primavera sempre più tiepida, vedo queste donne formare un sistema planetario che, anziché intorno al suo bravo sole, chissà a che scopo ruotava intorno alla mia zucca vuota, intaccata dall'irrealtà. Quanto alla Visitatrice, se avevo pensato di metterla sotto scacco cambiando la serratura, mi ero sbagliato di grosso. O meglio, avevo risolto la faccenda su un piano puramente razionale: il che andava bene per la maggior parte degli appartamenti di questo mondo, ma non per la grotta di un mago. E dunque, erano completamente scomparse le tracce fisiche, inoppugnabili, delle visite notturne di quella pazza: avesse o no tratto le debite conseguenze dal mio fin troppo gentile messaggio. Il fatto è che, seppure incontestabilmente l'avessi *chiusa fuori*, dovevo arrendermi a un altro punto di vista che non era alternativo al primo, ma per così dire contiguo, tanto che dall'uno si poteva passare all'altro e viceversa, finendo per smarrire ogni certezza: con quel gesto apparentemente risolutivo l'avevo al tempo stesso *chiusa dentro*. Ovviamente, tutto ciò comportava uno slittamento dei fenomeni nella sfera dell'opinabile, delle interpretazioni più o meno razionali, della paranoia domestica. Perché un mozzicone di sigaretta macchiato di rossetto, o una Tuborg con un fiore dentro erano cose che potevo toccare e conservare, addirittura come possibili corpi del reato; il telecomando orbato di una pila era un'altra evidenza. Una volta messa in sicurezza la porta di casa con la nuova serratura, mi ero accorto ben presto che i motivi d'inquietudine si erano moltiplicati, senza che avessi più nessuna carta efficace da giocare. E il fatto che fosse possibile attribuire ora alla Visitatrice ora alla mia testa la ragione delle stranezze che osservavo, non faceva che aumentare la mia inquietudine, e soprattutto la sensazione di occupare *abusivamente* casa mia. Di che si trattava? Abbiamo tutti un bagaglio di piccole cose che non riusciamo a spiegarci, frammenti di altri ordini di realtà caduti per caso nel nostro. Quella volta che hai sognato qualcuno che non vedevi da anni e l'hai incontrato il giorno dopo, o hai immaginato esattamente un evento imprevedibile che poi si sarebbe verificato... Ebbene, c'erano dei giorni in cui la vita nella nuova casa sembrava trascorrere in un pulviscolo di misteriose coincidenze che andavano accettate per come si presentavano. Luci che ero sicuro di avere spento e che ritrovavo accese; sparizioni di oggetti che erano sempre stati al loro posto e che nessuno avrebbe avuto ragione o interesse a spostare; singolari corrispondenze tra il mondo dei pensieri e quello degli eventi esteriori. In altre parole, fatterelli così opinabili che quasi ci si vergogna a raccontarli. Su tutto però prevaleva la sensazione di non essere mai veramente solo: come se in quella casa il presente convivesse con il passato, o magari con il futuro, generando delle continue sovrapposizioni. Riacquistavo parzialmente la consapevolezza della mia realtà fra tante realtà alternative sempre in agguato, solo quando ero in compagnia di Paradisa, le notti in cui si fermava a dormire da me. Con la sua felina pigrizia, con quel fondo di sorda e autocratica indifferenza opposta agli stimoli del mondo, anche quelli piacevoli (il sesso, mi confidò, era divertente, ma non la faceva volver loca), pareva in grado di bonificare tutto quel luna park di percezioni sottili e di sospetti senza riscontro. Paradisa era come una ruota che si muove lentamente sul suo asse. La tranquillità è contagiosa come l'ansia, e io sono una persona così suggestionabile che il mio umore dipende sempre da quello degli altri. Capivo perfettamente Miss Miller, che cambiava gusti a seconda di chi aveva di fronte, o credeva di vivere nelle storie che ascoltava o leggeva.

Ogni mago ha il suo maestro, come è facile intuire: e quello di mio padre era un guaritore di prima classe, in tutti i sensi leggendario – un vero Merlino. Quello di Ernst Bernhard era un nome che mi era familiare anche indipendentemente da mio padre, perché ricorre nelle biografie di molti degli scrittori che ho sempre amato: da Giorgio Manganelli a Natalia Ginzburg, da Amelia Rosselli a Cristina Campo. Senza dimenticare il suo paziente più famoso, Federico Fellini. Su questo tipo di clientela bisognerebbe fare un lungo discorso. Non è che Bernhard amasse curare in particolare la gente dotata di talento. Semmai, bisogna riflettere sul fatto che gli artisti, pur condividendo con il resto dell'umanità le eterne miserie umane, sono talmente in balìa dei loro stati d'animo, talmente insicuri riguardo alle loro capacità, e al senso stesso di ciò che fanno, che il ricorso a un guaritore si presenta come un fatto della loro vita se non assolutamente necessario, almeno prevedibile, come farsi misurare la pressione o pagare le tasse. Simpatici o antipatici, futuristi o passatisti, maschi o femmine, figurativi o cubisti... tutti gli artisti, alla fine della fiera, hanno un motore identico: *vogliono essere amati*, e pretendono di rimediare con il loro talento al pozzo senza fondo del bisogno – perché l'amore non basta mai a nessuno. E questo li rende fragili, poco padroni di sé stessi, come se un pezzo del loro cuore battesse sempre nel petto di qualche sconosciuto. E mio padre? Decisamente non mi sembra che il suo problema fosse l'amore degli altri. Quando su consiglio di amici bussò alla porta di Bernhard in via Gregoriana, nei primi anni del dopoguerra, e si accomodò nel leggendario studio dalle cui finestre si godeva un superbo panorama di Roma (Cristina Campo aveva contato ben quattordici campanili), era molto depresso, quasi sfinito dalla depressione. Come tanti che hanno combattuto in una guerra, stentava a tornare a una vita normale. Solo in seguito Bernhard lo trasformò in un guaritore. Molte volte avevo provato a carpire a mio padre delle notizie su quel rapporto così importante per la sua vita. Mi aveva molto colpito un articolo di Pietro Citati, il quale, lavorando nello stesso ufficio di Manganelli, era stato testimone diretto di una vera e propria metamorfosi: l'analisi con Bernhard aveva trasformato un mite e abbastanza incolore professore di letteratura inglese, «un signore gentile ed esitante, precocemente maturo, con una lieve tendenza alla pinguedine», nel più geniale e visionario degli scrittori italiani. Per lunghi anni Citati lo aveva frequentato con la certezza che quell'uomo colto e garbato non possedesse alcun talento. Poi, un bel giorno del 1964, Manganelli porse un libro a Citati: «sì l'ho scritto proprio io».

Si intitolava *Hilarotragoedia*, era il suo primo capolavoro. «L'onesto professore» ricapitola Citati, «era diventato all'improvviso uno scrittore di genio. Qualche anno dopo mi raccontò la sua storia. Sull'orlo della disperazione, senza speranza di vivere, né di morire, aveva conosciuto Ernst Bernhard, il quale l'aveva aiutato ad attraversare le ombre dell'inconscio. Per qualche anno, aveva vissuto con loro, discorrendo soltanto di loro e con loro. Tutte le forme della sua mente erano state suscitate dal sonno in cui giacevano abbandonate e oppresse: l'analisi aveva risvegliato, in lui, lo scrittore nascosto; la letteratura l'aveva salvato dalla disperazione». Che la letteratura salvi dalla disperazione non è certamente una regola universale, ma è abbastanza credibile che una prolungata frequentazione delle «ombre dell'inconscio» possa suggerire forme di vita, dedizioni, abitudini quotidiane capaci di rendere più tollerabile la difficoltà, o l'impossibilità, di stare al mondo. Così come è raccontato da Citati, l'intervento di Bernhard nella vita dell'«onesto professore» apparentemente privo di talento non era diverso da quello di un vero e proprio aiutante magico delle favole. A chi avrei potuto chiedere un parere al riguardo se non a mio padre? Che però fu molto vago, quasi infastidito da quella mia curiosità che si rinnovava ogni volta che, innamorandomi di uno scrittore o di una scrittrice, e cercando di ricostruire i dettagli della sua vita («ma non ti bastano i libri? perché ti interessano così tanto i fatti loro?») mi trovavo a scoprire che era stato, o era stata, paziente di Bernhard. Avevo cominciato a intuire che tra i due, il maestro e l'allievo, dovessero essere sorti dei problemi di carattere. «A volte esagerava» finì per ammettere mio padre durante l'intervista che gli feci: era quanto aveva deciso di dirmi, ma non significa quasi nulla. Del resto, la storia stessa della psicoanalisi è lì a dimostrare che se da un lato i guaritori si trasmettono poteri e conoscenze, dall'altro se ne fanno di tutti colori: come se per diventare sé stessi fino in fondo a un certo punto avessero necessità di creare delle fratture più o meno clamorose. Il caso più celebre rimane sempre quello di Freud e Jung: Jung sapeva benissimo che Freud non gli avrebbe mai perdonato il libro su Miss Miller, e lo sognava nelle vesti di un ufficiale della dogana mezzo vivo e mezzo morto. Ma questa rottura così clamorosa era stata seguita da molte altre: in confronto gli scrittori, che pure adorano sparlarsi alle spalle, sono degli angioletti. Probabilmente, in queste relazioni tra guaritori accade sempre qualcosa di pericoloso e imprevedibile, non del tutto comprensibile all'esterno. Un bel giorno Merlino si sveglia e si accorge che l'apprendista non è più lì, non gli ha preparato la colazione e non ha ravvivato il fuoco. Ci rimane male? Oppure sorride sotto la folta barba candida, stabilendo che anche questa è fatta, che è giusto che il ragazzo se ne sia andato così, senza nemmeno lasciare un biglietto? Una reazione, poi, non esclude l'altra.

Tutto questo già lo sapevo; quello che non avrei mai creduto possibile è che nel fondo di un cassetto avesse aspettato per quasi cinquant'anni il suo momento il minuscolo, leggerissimo anello di una catena (si trattava in effetti di un piccolo foglio di carta velina) che collegava anche me a quella vecchia storia di maghi e apprendisti. Che questo accadesse proprio mentre cercavo, come se si trattasse di un animale inaspettatamente indocile, di assestarmi bene in groppa alla casa di mio padre, inalandone l'atmosfera satura di misteri indefinibili... potrebbe essere un caso ineccepibile di sincronicità. Ma non ho una grande inclinazione a interpretare in modo vincolante i fatti che racconto. Di ogni storia, anche di quella confezionata con la maggiore efficacia, basterebbe tirare un filo per far venire tutto giù, riducendola a un nugolo di fatti insensati. Tanto più con storie di questo tipo, pescate dai fondali limacciosi della vita, della memoria, senza che ci sia bisogno di ricorrere ai trucchi sempre efficaci del mestiere. Il narratore di fatti propri, l'autore di *confessions*, è sempre vittima di un duplice disagio: si sente incalzato alle spalle, mentre ciò che intravede davanti a sé lo deride e lo respinge. In ogni modo, le cose andarono così: una mattina, inconsuetamente presto, ho ricevuto una telefonata da un numero sconosciuto. Era una voce femminile, che si presentò: Luciana Marinangeli. Il nome non mi era nuovo, era quello di un'iniziata, di una conoscitrice di segreti. Doveva avere scritto dei libri sull'astrologia indiana, o tibetana, non ricordavo bene. Dopo qualche prevedibile convenevole, la signora venne al dunque: aveva qualcosa per me, da parte di Ernst Bernhard. Pensai subito di dover chiarire un equivoco: mi perdoni, ma mio padre è morto, sta parlando con suo figlio, se posso esserle utile mi dica, ma lui non c'è più... Ma no, mi rispose, so benissimo chi *è* lei e chi *era* suo padre. Aveva qualcosa da consegnarmi. Che passassi appena potevo da casa sua, e avrei capito tutto. Un giorno o due dopo ero a Trastevere, nel salotto di Luciana Marinangeli: un posto che ricordo accogliente, stipato di libri interessanti, soprattutto di letteratura francese. La mia ospite venne subito al dunque. Il segreto era contenuto in una busta sulla quale era scritto il mio nome. Come forse sapevo, Ernst Bernhard era stato anche un grande astrologo: uno dei maggiori ai suoi tempi, in Europa; si faceva arrivare da una tipografia specializzata di Berlino degli schemi prestampati, di forma circolare, con elegantissimi simboli zodiacali: da quella specie di base universale Bernhard procedeva a rappresentare, con fasci di linee variamente intersecati, il destino individuale, ovvero il quadro astrale, il tema natale. E così, informato del giorno della mia nascita (il 7 gennaio del 1964) e dell'ora (le quattro del mattino), aveva pensato di calcolare la posizione dei pianeti al momento del mio primo respiro, per farne un dono a mio padre. O magari a me direttamente, aggiunse sorridendo Luciana, perché mio padre, da parte sua, non si era mai preoccupato di andare a ritirare il regalo, né Bernhard glielo aveva spedito. Provai gratitudine per quell'uomo sconosciuto, quel leggendario ebreo tedesco, e anche un po' di imbarazzo per il comportamento scortese di mio padre, ma erano fatti loro. Dopo la morte della moglie di Bernhard, Dora, le sue carte erano state a lungo ordinate e classificate, e tra i vari quadri astrali che per un motivo o per l'altro erano rimasti nel suo archivio – erano stati eliminati quelli dei morti e gentilmente consegnati quelli dei vivi, che ne facessero l'uso che volevano – c'era il mio. Era bellissimo (osservazione tipica del profano, incapace di decifrare quel guazzabuglio di triangoli sovrapposti che univano vari punti della circonferenza zodiacale), e speravo di approfittare lì per lì di una consulenza: ma Luciana mi congedò consigliandomi di cercare un bravo astrologo, se volevo capirne qualcosa. Tornai a casa con la sensazione di aver ricevuto, più che un dono, un segnale. Un segnale che aveva atteso mezzo secolo per arrivare fino a me: era mio il nome scritto sulla busta, in una calligrafia così minuta da dare l'impressione di uno sgorbio involontario. Bernhard era morto pochi mesi dopo la mia nascita: non è che in assoluto i morti non comunichino con i vivi, semmai devono verificarsi determinate circostanze perché il messaggio arrivi al destinatario. Erano passati cinquant'anni da quei calcoli astrologici: un'inezia nella volta del cielo popolata dalle sue costellazioni, ma un'immensità quaggiù. Una parte importante, preponderante del mio destino era trascorsa, si era consumata nel fuoco dell'irreversibile. Mettiamo pure che uno campi cent'anni: a cinquanta la bottiglia è mezza vuota. Ma era un pensiero troppo facile, troppo meccanico: chiunque è in grado di capire che, finché rimane un solo giorno, una sola ora di vita, la forma del destino può cambiare completamente, come il senso di una mano di briscola al momento di calare l'asso.

Non ero riuscito a incazzarmi seriamente nemmeno il giorno in cui, tornato in anticipo da un viaggio a Milano, mi ero trovato di fronte ai resti di una festa per bambini. Tanto era il mio stupore, che per una frazione di secondo avevo pensato di essere entrato in qualche modo in una casa sbagliata. E invece, era la mia. Piatti di plastica e bicchieri con Masha e Orso che sorridevano abbracciati, palloncini attaccati al soffitto, strisce di carta colorata che serpeggiavano sul pavimento per infilarsi sotto i mobili... Due strati di confusione orridamente sovrapposti e mescolati: la mia roba ancora negli scatoloni o provvisoriamente ammucchiata qua e là, e sopra gli avanzi della festa. Avevo subito chiamato la Degenerata con la solita intenzione di farle una scenata e licenziarla in tronco, ma di fronte alla sua sfrontatezza, che ormai poteva definirsi strafottenza («se il señor me *ciamava*, trovava tutto limpiado!»), la mia legittima aggressività si era prevedibilmente dissolta, riducendosi a uno sconsolato rimbrotto.

Era venuto fuori che il figlio di una cugina del clan compiva cinque años, e a causa di qualche catastrofe familiare peruviana non era stato possibile trovargli un posto per una festa, con qualche altro bambino si capisce, no mas que cinco!, tutti educatissimi (a giudicare dai piatti e dagli altri avanzi, gli angelitos dovevano essere stati almeno venti). Mi sarei divertito anche io – e forse su questo punto aveva pure ragione. I niños non avevano rotto nulla, e Paradisa aveva preparato la sua famosa torta ai tres leches: da leccarsi i baffi. A proposito di Paradisa: avevo fatto colpo, me ne ero accorto? Astutamente, cercava di deviare il discorso su un tema meno spinoso per lei, solleticando la mia vanità. Gli hombres non conoscono le donne, sentenziò. In effetti, potevo darle ragione una seconda volta: non conoscevo le donne, e se è per questo nemmeno gli hombres. Di piacere a Paradisa non mi era mai passato per la testa, così come non attribuivo il minimo valore alle ciance della sua amica e protettrice. È pur vero che la simpatia, a differenza della maggior parte dei sentimenti umani, per natura è reciproca, e Paradisa mi era stata da subito molto simpatica. Non era certo il sesso a legarci. Era diventato più che altro un piccolo rituale anestetizzato dal preservativo. Probabilmente, da parte di entrambi si trattava di dare ai nostri incontri un minimo di attendibilità, evocando dei ruoli stabiliti e una specie di scopo ufficiale, prima di abbandonarci ai più sottili, indefinibili piaceri del non fare nulla e del non avere nulla da dirsi. C'era molta più intimità fra noi al ristorante, o al momento di addormentarci con la tv ancora accesa, con la benedizione del Michael Jackson tatuato sul suo bicipite. Ho l'abitudine di dare un nomignolo a tutte le persone che conosco, e avevo ribattezzato tra me e me Paradisa la Gatta Morta. Era depressa? Può essere, ma non ho mai visto una persona depressa così pigra e appagata. A ripensarci oggi, quello che sentivo di avere davvero in comune con lei era il *carattere tiepido*, che è come una specie di parafulmine capace di scaricare a terra la maggior parte delle pressioni, delle emozioni, delle informazioni provenienti dall'esterno.

La realtà psichica, scrive Jung a un certo punto di *Simboli della trasformazione*, «è fonte di angoscia». Se questo è valido per l'esperienza interiore, lo è altrettanto per l'osservatore, lo scienziato che la osserva, deducendone delle leggi, o perlomeno dei fenomeni ricorrenti. In altre parole, la realtà studiata è sempre più forte dello studioso. Un tessuto infetto, un materiale radioattivo rappresentano un pericolo analogo sul piano della realtà materiale. Ma in questi casi ci si può servire di tute ermetiche, vetri protettori, bracci artificiali. La psiche, invece, si può toccare solo con la psiche, non ci sono guanti o pinze, e facilmente il male dilaga nel discorso che dovrebbe limitarsi a descriverla. Il fascino maggiore del libro di Jung consiste nel fatto che Pollicino non si è lasciato dietro i suoi bravi sassolini: può solo procedere nella foresta, non sa più come uscirne. A un certo punto, il discorso si fa ingovernabile, lo stesso Jung se ne era onestamente reso conto. Soprattutto, non si distinguono più bene l'oggetto del discorso e il punto di vista del ricercatore: come se il giovane medico svizzero, seguendo le tracce di Miss Miller, l'americana sull'orlo della schizofrenia, si fosse totalmente confuso con lei. Di chi parlava, in realtà? Nel 1910 Jung aveva tenuto una conferenza davanti a dei colleghi sui primi risultati della sua immersione in quelle pericolose profondità. Forse nel testo, oggi perduto, c'era ancora un minimo di distinzione: Miss Miller era un argomento, e dall'altra parte c'era qualcuno che ne parlava a ragion veduta. Ma poi continuò per la sua strada, senza più punti di riferimento. Era turbato. Non capiva lui stesso cosa ne sarebbe venuto fuori. Qualche settimana dopo la conferenza partì per un viaggio in bicicletta in Italia, assieme a un amico. In un museo di Verona vide una statua di Priapo con un serpente che gli divorava il cazzo (anche una foto di questa statua così significativa sarebbe finita tra le illustrazioni di *Simboli della trasformazione*). Arrivato ad Arona, fece un sogno in cui si trovava a sostenere una specie di esame in latino, senza esserne in grado: aveva a che fare con la padronanza ancora incompleta delle intuizioni che lo assillavano. Il sogno lo agitò, convincendolo che le vacanze erano finite; salutò bruscamente l'amico, caricò la bicicletta in treno e, tornato a casa, si rimise al lavoro. Alla fine dell'anno scrisse a Freud una lettera molto reticente e inquietante: si preparasse a leggere qualcosa che non si era mai immaginato.

Ero uscito da casa di Luciana Marinangeli con la sensazione inebriante di vivere in un episodio di «Dylan Dog». Avevo percepito nel suo sguardo, durante la visita e la consegna del quadro astrale, un velo di ironia: come se sapesse più cose di quelle che avrebbe potuto dirmi, e desiderasse finirla lì. Se ero alla ricerca di qualcosa, e quel dono poteva servirmi in questa ricerca, ne facessi l'uso che credevo. Luciana mi aveva anche regalato un grosso volume, curato da lei, di lettere che Bernhard e la moglie si erano scambiati tra il 1940 e il 1941, quando lui, in quanto ebreo e straniero, era stato rinchiuso in un campo di concentramento in Calabria, con il rischio molto concreto di finire nelle grinfie dei nazisti. Avevo sistemato il volume sulla scrivania di mio padre, accanto a *Simboli della trasformazione* e agli altri libri che nel frattempo mi ero procurato per cercare notizie su Miss Miller. Adesso avevo bisogno di qualcuno che mi aiutasse a decifrare il quadro astrale, che contemplavo percependone solo l'involontaria bellezza. Ma non era un astrologo in senso professionale che cercavo, semmai qualcuno che comprendesse il valore che avevano per me non solo il quadro astrale, ma le circostanze del suo ritrovamento in quel particolare momento della mia vita. Per fortuna, sapevo a chi rivolgermi. Vittorio Tamaro, che gli amici chiamano Toto, è un uomo schivo e profondo, che ha accumulato conoscenze preziose: dalle filosofie orientali alla poesia e alla scienza dei simboli. È leggero e intransigente: due virtù che raramente si accoppiano nella stessa persona. Forse con il passare del tempo è diventato un saggio; di sicuro possiede una delle principali prerogative della saggezza, la capacità di distinguere il futile dall'essenziale. Non fu facile trovarlo, perché è una di quelle persone che tengono il telefono più spento che acceso, ma alla fine riuscii a parlargli. Era in montagna, occupato in certi studi che riguardavano Rilke e i geroglifici egiziani, se ben ricordo, ma entro pochi giorni sarebbe tornato a Roma. E così mi trovai nello studio di Toto, che abita non lontano da casa di mio padre, in una stradina di vecchi e dignitosi villini liberty dove il tempo – anziché fermarsi, come vuole il modo di dire – sembra non aver mai messo piede. Le mie conoscenze astrologiche sono vaghe e confuse; d'altra parte, considero l'astrologia una scienza esatta, attendibile come la geometria o la chimica. Ci saranno margini di pura fantasia e arbitrio, come in tutte le scienze, ma perché negare la premessa fondamentale dell'astrologia, ovvero che noi veniamo al mondo in un dato momento, e che questo momento è necessariamente decisivo per la forma che assumerà il nostro destino? Si lacera la placenta, l'aria irrompe nei polmoni, iniziamo a rotolare nel tempo, sul piano inclinato dell'irreversibile. Sempre più veloci: da un nulla a un nulla, se vogliamo. Come quello che viaggiava a cavallo di una palla di cannone. Tutto giusto: ma c'è dell'altro, e ce ne portiamo dietro l'ombra, il sospetto, il presentimento. Il tempo ha una doppia natura, è un ibrido inconcepibile, e quella che per i singoli mortali è una freccia, per i corpi celesti è una ruota. Scrutando gli astri, noi in realtà esprimiamo la più originaria aspirazione umana, la speranza di essere prima o poi *riassorbiti nel ciclo*, affrancati dall'illusione del passato e del futuro. Quel pomeriggio, con la pazienza che si usa con i profani, Toto mi spiegò molte cose sui transiti, le opposizioni e le congiunzioni celesti del mio tema natale. Avrei dovuto registrare, prendere appunti, chiedere precisazioni su quello che non capivo. Ma ero preda di un'emozione più forte e inaspettata di qualsiasi conoscenza, come se tutte quelle costellazioni e quei pianeti sdegnosi di compagnia fossero le candeline di una torta cosmica e io il bambino incitato a soffiarci sopra. Di una cosa però mi ricordo benissimo: Toto mi avvertì della particolare influenza che Nettuno aveva esercitato sulla mia vita. Non vorrei essere approssimativo al riguardo, ma l'influenza di questo pianeta remoto e gelido, sdegnato anche dagli scrittori di fantascienza, può collegarsi a un istinto di fuga, di sottrazione alle responsabilità comuni. Nettuno può orientare i suoi sudditi, se così vogliamo definirli, verso un'esistenza chimerica, metamorfica, eccessivamente fondata sull'immaginazione. Be', da questo punto di vista sono un vero figlio di Nettuno. A cinquant'anni, potevo solo dire di aver cambiato molte case e iniziato molte vite, senza la tenacia di proseguire su una strada, una volta imboccata. Alla prima difficoltà mi ero sempre dileguato, e in un certo senso tutto quello che avevo fatto fino a quel momento non era altro che un leggero schizzo a matita facile da cancellare. Ero arrivato a un'età più che matura abbandonando furtivamente, come un sacchetto di spazzatura, il fardello delle premesse, sempre attento a non innescare conseguenze rilevanti. Non bisognava scomodare né il dottor Bernhard né Toto per stabilire il mio carattere. Ma Toto aggiunse qualcosa che mi colpì: tutto quello che nell'esperienza è letterale e concreto a un certo punto può diventare una metafora, e dunque un passaggio dall'esteriore all'interiore. Forse nel futuro non avrei avuto più bisogno di fuggire come un ladro da affetti, abitudini, case, programmi. Non avrei più avuto bisogno di coinvolgere il mondo, perché potevo continuare a *fuggire all'interno di me stesso.*

Quando uscii da casa di Toto, tenendo in mano il quadro astrale di Bernhard nella sua cartellina trasparente, il fulgore di un grandioso tramonto romano si riversava nelle strade incendiando la sommità delle case, così sigillate nel loro silenzio da sembrare dipinte. La vicinanza dell'ambasciata di Israele, con tutti i suoi cordoni di sicurezza, contribuisce a fare di quella zona un luogo trasognato e lievemente metafisico, più adatto ai gatti che agli esseri umani. Dall'altra parte di una lunga strada in salita, oltre il muro del giardino zoologico, cumuli purpurei e rosati di nuvole procedevano verso nord. Mi sentivo eccitato, rivolto al futuro. Le parole di Toto avevano sollevato un lembo del velo dipinto. Lento e veloce nello stesso tempo, il movimento degli astri finisce sempre per accordarsi al più intimo desiderio di noi singoli mortali, sbatacchiati da dubbi e paure: essere guidati e sostenuti da una volontà metafisica benevola e lungimirante. Quella sera mi era rimasto giusto il tempo di passare al supermercato prima che chiudesse. Entrando, avevo poggiato il quadro astrale sul fondo del carrello – impossibile che lo dimenticassi lì! E quando arrivò il momento di sistemare la spesa sul nastro della cassa, l'ho dimenticato lì, perdendolo per sempre.

Avevo cominciato a trascrivere su un foglio, così come le trovavo sui margini di *Simboli della trasformazione*, le note di mio padre, selezionando le più significative. Quei minuscoli segni a matita avevano il potere di conservare – almeno così mi sembrava – il movimento reale del suo pensiero, trascritto senza nessuna di quelle convenzioni necessarie a esprimere un'idea in un saggio, o in una lezione. «Passaggio ingiustificato» osservava, oppure: «no!», «ipotesi assurda», «perché non fa esempi?», «difficile a comprendersi», «passo discutibile», «detto e non dimostrato», «!!! ma si rende conto???», «detto senza dimostrazione», «oggi queste parole suonano come pura follia», «Dio buono!». A volte il dialogo è così serrato che ricorda i libretti dell'opera buffa, quando il padrone le spara grosse e il servo si ribella rivolgendosi al pubblico; Jung scrive: «...è evidente...», e lui: «perché?». «Stupendo esempio di delirio junghiano» annota mio padre, accanto all'affermazione che «l'occhio rappresenta evidentemente i genitali femminili», dove a infastidirlo credo sia stato soprattutto quell'«evidentemente». Non mancava una manciata di «ok» e «va bene», ma se per assurdo Jung avesse seguito i consigli di mio padre quel pesante volume si sarebbe ridotto a uno smilzo fascicolo. Studiando queste centinaia di note, mi ero lungamente interrogato su quel modo di leggere, valutando ogni singola affermazione, non prendendo nulla per buono senza prima averlo pesato sul bilancino della ragione, dell'esperienza. Mio padre incarnava allo stesso tempo il lettore ideale e il peggior lettore che poteva capitare in sorte a uno scrittore. Se si può formulare una tale contraddizione in termini, era un mago illuminista. Io, per esempio, ho un temperamento opposto, tendo a prendere per buono ciò che leggo, subisco in modo eccessivo l'autorità della parola scritta, il suo fascino ipnotico. Se Jung sostiene che l'occhio *evidentemente* rappresenta i genitali femminili, subito sembra evidente anche a me, perché non possiedo un piano di realtà individuale abbastanza solido da opporre a una tale asserzione. Poi me ne dimentico, e questa è senza dubbio una buona difesa, ma in quel momento è *evidente* anche per me. Nessun occhio mi ha mai fatto pensare a una fica, ma l'effetto di quell'affermazione su di me è diametralmente opposto: guarda te, non ci avevo mai fatto caso. Si può dire che ero molto più junghiano io, in fin dei conti, di quanto lo fosse mai stato mio padre. Perché Jung questo vuole, afferrarti in un'onda e portarti con sé. Concepiva i suoi libri come una specie di liturgia, e dunque di esperienza. Si doveva lasciare dietro tutti i recalcitranti, e proprio qui sta la sua grandezza, la sua libertà. Bisogna aggiungere che mio padre non era disinteressato come potevo esserlo io, che mi ero messo a leggere *Simboli della trasformazione*, e in seguito addirittura a studiarlo, per il solo fatto di aver trovato quel libro in un cassetto della scrivania, durante le prime incursioni della Visitatrice. Il suo era un punto di vista professionale, non saprei come altro definirlo: non andava alla ricerca di una visione del mondo, ma di un sapere utile ai suoi pazienti, probabilmente di natura più empirica, verificabile. Nella psicoanalisi, fin dalle sue origini, c'era qualcosa di grandioso che non lo convinceva. Jung era un uomo originale, inquieto, posseduto dal demone della creatività. Non aveva mai conosciuto Miss Miller, e non si sa se la giovane americana, che camminava inconsapevolmente sull'orlo della schizofrenia, e altrettanto inconsapevolmente lanciava i suoi segnali di soccorso, avrebbe ricavato qualche beneficio facendosi curare da lui, che considerava addirittura un vantaggio il fatto di non averla mai incontrata. C'è anche da dire che la resistenza di mio padre a un testo che personalmente trovavo così affascinante, se rivelava molte cose sul suo carattere, non era affatto originale. Lo stesso Jung si era reso conto che la materia di quella – mai tentata prima – archeologia dell'anima gli era sfuggita dalle mani, dilatandosi. Era partito dalla distinzione tra due aspetti, due modalità fondamentali del pensiero umano: il pensiero *orientato* vero e proprio, il cui mezzo è la parola, che è diretto, razionale, capace di analizzare i fenomeni e ricavarne delle leggi; e il secondo pensiero, che si serve essenzialmente di immagini, e va cercato nei sogni, nelle fantasie dei bambini, nei miti e nelle favole. Questo tipo di pensiero è tipico di molte forme di psicosi, come la schizofrenia. In basso, per così dire, lo strato infantile dell'individuo si dissolve nelle immagini mitologiche comuni a tutta l'umanità. È come un immenso deposito di potenze oscure, ammalianti. In alto, il pensiero orientato svolge il compito del timoniere nelle burrasche e nelle bonacce dell'esistenza. Ma quando qualcosa non va in questa sala comandi, la mitologia aggredisce la psiche indebolita. In una singola mente si danno convegno tutti i fantasmi che l'umanità si porta dietro dalla più oscura notte dei tempi: come una vena d'acqua che si infiltra in un muro e finisce per ridurlo in frantumi. Qualunque cosa si voglia pensare di Jung, questa è un'idea straordinaria, di tragica bellezza. Il problema semmai è che il libro che doveva veicolare e rivelare al mondo una visione così importante, quel libro che lo angosciava al punto da costringerlo a interrompere le vacanze in bicicletta per rimettersi al lavoro, a partire da un certo punto, e sempre più andando verso l'ultimo capitolo, sembra soffrire della stessa patologia attribuita a Miss Miller. Gli antichi miti, le credenze ancestrali irrompono nel discorso scientifico, come nella mente psicotica, prendendo il sopravvento. Di qui l'imbarazzo degli interpreti. Ma il crollo, o meglio, l'implosione della teoria, non si lasciò dietro solamente un vasto campo di macerie. Jung era giovane, e aveva quasi tutta la sua lunga vita davanti per imparare a governare i suoi contenuti in modo più efficace e attendibile dal punto di vista della scienza. Riuscì soprattutto a far sì che le citazioni se ne restassero tra le loro virgolette, senza diventare altrettante cariche di tritolo capaci di polverizzare il ragionamento. Ma Jung fece benissimo a riscrivere per più di quarant'anni *Simboli della trasformazione*. Di sicuro, ne venne fuori un capolavoro letterario tra i più geniali e originali del suo tempo, una versione cubista e iniziatica del *Ritratto di signora* di Henry James. L'identificazione di Jung con Miss Miller finì per generare un'immagine della vita umana satura di bellezza e di poesia. Ma un grande scrittore non si limita a inventare un personaggio: la parte più difficile non è quella, è l'individuazione della legge nascosta che ne governa il destino, nell'apparente casualità dei fatti e del tempo che passa. Ebbene, ridotta all'osso questa legge è quasi spietata nel suo universale rigore. L'intuizione fondamentale di Jung si potrebbe riassumere in poche parole: nella nostra esistenza non c'è nessun punto di equilibrio, nessun compromesso di forze contrarie da augurarsi. O si procede verso la luce, o si viene tirati in giù: nel buio mitologico, nel regno delle immagini. Lì in fondo, con la pazienza di chi ha a disposizione tutto il tempo che la mente umana è in grado di concepire, c'è un mostro insaziabile che spalanca le sue fauci – una Madre nefasta, un fiore carnivoro irrorato dal sangue dei suoi figli. *Non si può rimanere fermi.*

Una cosa che avevo in comune con Paradisa era il modo di guardare la tv. Le piaceva, come a me, cambiare spesso canale, concedendo qualche minuto di fiducia a qualunque cosa capitasse sullo schermo: da un documentario sulla fine di Pompei a una televendita di gioielli; da un pezzo di un vecchio telefilm in bianco e nero a una gara di corsa campestre. Assorbivamo quei frantumi del mondo prima di piombare nell'incoscienza come fossero un anticipo dei sogni che avremmo fatto. Questa intimità televisiva era diventata molto più profonda di quella sessuale, come del resto si verifica in innumerevoli legami. E se mi scocciavo della tv, c'era sempre l'insondabile Gatta Morta da contemplare. La sua esistenza sembrava totalmente assorbita dalla ricerca della posizione più comoda, sdraiata sul letto o sul divano, una bottiglia di cerveza o un bicchiere di vino a portata di mano, assieme al telefono, al telecomando e a un posacenere. Una notte, il caso ci aveva portati su un canale di programmi storici. Un montaggio di filmati d'epoca mostrava il grugno di Mussolini da varie angolature, mentre sparava qualche sua cazzata o si faceva semplicemente riprendere in una delle sue pose da mentecatto. Mi aspettavo che Paradisa (a cui affidavo volentieri il telecomando) passasse rapidamente ad altro, e invece notai che seguiva le gesta di quell'uomo orribile con attenzione e un'aria compiaciuta. Incuriosito, le chiesi cosa ne pensasse di Mussolini, se in Perù se ne pensava qualcosa, se veniva studiato a scuola. La sua risposta mi stupì: le piaceva Mussolini, era un verdadero hombre, uno che si faceva obbedire. Con lui, riteneva Paradisa, gli italiani avevano avuto una suerte più buena che in seguito. Non era, per lei, una questione di orientamento politico. Anche Fidel Castro era stato una fortuna per los cubanos. E lo stesso si poteva dire di Putin, e di tutti gli altri dittatori sui quali le chiedevo un'opinione. Se c'era un pendaglio da forca in attività, la Gatta Morta lo approvava. E la libertà? Non erano proprio le persone come lei, che venivano dal popolo, che più dovevano odiare quei mostri? Paradisa mi guardò come un bambino. Cos'era questa libertad di cui gli italiani, e anche i peruviani, amavano tanto llenarse la boca? A cosa era mai servita? La libertad era starsene lì, come noi due in quel momento, a fumare erba guardando la tv, avere un po' di soldi per uscire, andare al mare, ballare, spassarsela con gli amici. E c'è sempre bisogno di qualcuno che faccia andare le cose nel verso giusto, tanto meglio se in divisa e con un bel pistolone attaccato alla cintura, perché la gente è muy mala, aspetta solo il momento giusto per rapinarsi e sbranarsi a vicenda. La libertad, concluse Paradisa, poteva apparire preziosa a gente come me. E come ero io, a che tipo di gente appartenevo? La voce di Paradisa non si alzava mai, qualunque cosa dicesse la sussurrava come se avesse paura di svegliare qualcuno, e intanto la tv gracchiava un discorso del Duce particolarmente stentoreo: dal balcone di piazza Venezia, il furfante annunciava alla plebe adunata e festosa l'uscita dell'Italia dalla Società delle Nazioni. «Dentro?» chiedeva Mussolini alla folla assiepata sotto il celebre balcone. «Nooooooo!» replicava la folla. «Fuori?» – «Sìiiiiiì». Immaginavo Paradisa, la dolce e pigra Paradisa, salutare il Duce con il braccio teso, nell'anno XVI dell'era fascista, in mezzo a quella folla eccitata all'idea di uscire dalla Società delle Nazioni. Da buona figlia delle moltitudini, che si riproducono identiche e anonime nello spazio e nel tempo, avrebbe sussurrato il suo «sìiiiiiì!» per fare contento il Capo, chiunque fosse lo stronzo di passaggio sul balcone? Il tatuaggio del cuore trafitto traspariva dal ricamo a fiorellini delle mutandine come fa la luna che emerge dalla foschia. Finalmente, si era decisa a cambiare canale. Su una tv locale, proponevano un kit di attrezzi da lavoro, compreso un trapano elettrico, a un prezzo così stracciato che veniva voglia di telefonare e acquistare tutto: chiavi inglesi, martelli, cesoie. Paradisa, che non perdeva mai l'occasione di fare un gesto gentile, accorgendosi che stavo scivolando nel sonno mi tolse di mano la bottiglia vuota di cerveza che usavo come un posacenere e, trovato da vedere chissà cosa su un nuovo canale, si sistemò in modo che potessi poggiare la testa sulla sua soffice spalla sudata e vanigliata.

L'oggetto del museo di mio padre al quale attribuisco più importanza, quello che tenterei di salvare da un incendio, non è la grande scrivania, e nemmeno la coperta sforacchiata dal proiettile tedesco, ma una lucerna romana di terracotta, di forma semplicissima, non più grande del palmo di una mano, levigata dall'uso ancora più che dal tempo. La sua bellezza praticamente consiste nella sua umiltà. Non possiede nemmeno un qualche valore economico: su internet si trovano moltissime vecchie lucerne, quasi identiche, a poche decine di euro. Ma può darsi il caso in cui il valore intrinseco di un oggetto sia legato alla sua storia, alle circostanze dei suoi passaggi di mano. Mio padre era nato ad Ancona, la città di suo padre, nel 1924, ma la parte più felice della sua infanzia l'aveva trascorsa a Diano d'Alba, nelle Langhe, nella casa dei nonni materni. Bianca, sua madre, era tornata lì da Ancona con i figli (mio padre e le sue due sorelle) quando Giacomo, il marito, un ingegnere, uomo dal carattere forte, capace di costruire qualunque cosa, era andato a lavorare in Africa – prima in Kenya e poi in Somalia – per delle grosse tenute agricole. A mio padre non mancava affatto il suo. Giacomo era bello come un divo americano, mia nonna lo adorava, ma non era un carattere facile, e non doveva piacergli molto quel figlio trasognato e timido. Si seccava a trovarlo sempre con un libro in mano. Aveva addirittura composto una canzoncina da strimpellare al piano, che prendeva in giro la perenne aria da tonto dell'unico figlio maschio che aveva. Si potrebbe immaginare un prevedibile schema edipico, una ribellione nel rifugio della sottana materna. Ma la madre, a quanto pare, era innamorata persa del rude marito. Semmai, furono le sorelle a proteggere mio padre (erano entrambe più vecchie, di otto e di quattro anni). Forse c'era amore nel comportamento umiliante di mio nonno, il timore che a Mario non spuntasse abbastanza pelo sullo stomaco per poter affrontare *the struggle for life*. E si sbagliava, perché Gandalf fu fino alla vecchiaia un uomo tostissimo, con tutta la sua ingannevole aria pacifica e distratta. Come tanti ebrei, anche Giacomo era stato infinocchiato dal fascismo; l'Africa finì per distruggerlo. Ma anche se avessero avuto la sorte di passare più tempo insieme, padre e figlio non si sarebbero mai piaciuti. Questo, almeno, era il parere di una delle sorelle, la quale, quando venne pubblicato il mio libro-intervista, mi confidò in gran segreto che le risposte sul padre che mi aveva dato erano fin troppo «diplomatiche». Me ne ero accorto anche io, e avevo tentato invano di provocarlo («Insomma, tuo padre era uno stronzo? Ormai puoi dirmelo!» – «Ma no, che vai a pensare! Eravamo diversi, per quel poco che l'ho conosciuto, lui era un uomo molto *volitivo*. Ora che mi ci fai riflettere, aveva un carattere molto più simile al tuo che al mio!», e così via, glissando sulla sostanza). Si può ben comprendere come mio padre, da bambino, con il padre in Africa, si sia potuto godere la vita nella grande casa dei nonni sulle Langhe. La disgrazia si abbatté sulla famiglia tra il 1935 e il 1936: nel giro di pochi mesi morirono la mamma e a ruota i due nonni materni. Per un po' di tempo, i tre fratelli se la cavarono da soli, in quella casa immensa e già decrepita (morte, tempo, muffa, tarli, spifferi, topi). Si occupava di loro una ragazza poco più grande che faceva i lavori in casa, promossa al rango di governante. Una piccola repubblica affrancata dall'autorità degli adulti che nel ricordo di mio padre – così mi disse una volta – corrispondeva al periodo più felice della sua vita. Si era consolato presto anche della scomparsa della madre, arrivando a chiedersi se avesse dovuto provare un dolore maggiore. Freud ha scritto delle pagine illuminanti sui cocchi di mamma come Goethe. I cocchi delle sorelle sono una sottospecie meno diffusa: più fragili dei primi, ma più liberi. Il libro preferito di mio padre in quest'epoca: *Peter Pan nei giardini di Kensington*, con le illustrazioni di Arthur Rackham. Un sogno ricorrente: si trovava sul limitare di una foresta piena di presenze invisibili, forse gli spiriti degli antenati – niente di pauroso, erano entità benigne. I tre fratelli andavano a scuola a piedi fino ad Alba; circa a metà del percorso il castello di Grinzane incombeva sulla strada come un maniero incantato dell'Ariosto. Stessa scuola e stessi professori di Beppe Fenoglio, di cui mio padre e le sue sorelle parlavano sempre con un certo orgoglio come di un parente celebre morto troppo giovane.

Le cose, fossero dipese da mio padre e dalle sue sorelle, avrebbero potuto durare così per sempre. Ma dall'Africa il padre bombardava i figli di raccomandazioni perché tornassero ad Ancona, dove li attendeva l'altra nonna, che si chiamava Artemisia. Poi, nel 1938, con le leggi razziali, un po' tutti i conoscenti presero a esortarli: con il cognome che avevano era meglio vivere in una città più grande, badando a passare inosservati. E arrivò la mattina della partenza. Li vedo, mio padre e le sue sorelle, alle prime luci di un giorno difficile, tristi e infreddoliti, alla stazione degli autobus di Alba, in procinto di abbandonare tutto ciò che è stato il loro mondo: volti familiari, strade, colline ricoperte di vigne. Non possono immaginare che immane tempesta sta per abbattersi su tutte le cose – rendendo impossibile ogni idea di ritorno. E in quel crocevia così importante della loro sorte, una persona li accompagnò fin dentro l'autobus, accertandosi che tutto fosse a posto: era la professoressa d'inglese, molto affezionata ai tre orfani. Fu lei a regalare a Mario, il più piccolo, la lucerna che dopo tanto tempo è finita nelle mie mani: simbolo senza dubbio confortante, ma anche ammonitore delle tenebre che incombevano, che sarebbe stato necessario attraversare. Non mi stupisce che alla fine della guerra, appena congedato, mio padre sia tornato ad Alba per accertarsi che la professoressa d'inglese fosse ancora viva, e abbracciarla in lacrime. In pochi anni si era fatto più uomo di quanto avesse mai desiderato.

Come lo stesso Jung spiegò in varie occasioni, nessuno poteva capire le fantasie di Miss Miller, compresa Miss Miller, perché nessuno, nel 1912, aveva capito la potenza e soprattutto l'*autonomia* dell'inconscio. Jung non poteva più accettare l'idea di Freud, che ne faceva una specie di discarica dove andava a depositarsi tutto ciò che la coscienza rifiutava o trovava intollerabile. Forse sarebbe meglio così; fatto sta che l'inconscio, per quello che aveva capito Jung, è capace di vere e proprie irruzioni, come quella che si era verificata nella coscienza di Miss Miller. Già molto avanti con gli anni, nel 1957, tornò sull'argomento e su *Simboli della trasformazione* in un'intervista filmata rilasciata a un professore americano, Richard I. Ivens. A un certo punto, Jung ricorda che la scoperta dell'indipendenza dell'inconscio rispetto alla coscienza era stata inizialmente fonte di disagio anche per lui. «*Che situazione scomoda, credevo di essere l'unico padrone in casa mia*». Niente più di una battuta per farsi comprendere, probabilmente, eppure mi erano venuti i brividi a leggerla, dopo tutti quei mesi passati a non sentirmi padrone in casa mia. Avevo sottolineato la frase e le parole che seguivano («invece dovevo ammettere che *c'è qualcuno in quella casa*, che può giocare brutti scherzi...») con l'emozione di chi, all'improvviso, si trova sull'orlo di una verità non ancora considerata nella sua evidenza. Non si trattava di un semplice e generico modo di dire: in effetti, se c'è una metafora attendibile per la coscienza, è la casa. E la Visitatrice, con tutte le sue continue perturbazioni della rassicurante filiera delle cause e degli effetti, con tutti i suoi scherzi da prete... svolgeva egregiamente il ruolo dell'inconscio. Più che «brutti», gli scherzi della Visitatrice erano infantili, e del tutto innocui. Nascondeva gli oggetti e li faceva riapparire nei posti più assurdi; produceva qualche rumore; aveva un'indomabile passione per le luci e per tutti i congegni elettrici che fosse in grado di sabotare. Ma, come ho già detto, dopo il cambio della serratura i fenomeni di cui prendevo atto erano rigorosamente confinati nel campo dell'opinabile. C'era anche una spiegazione razionale disponibile. Se si poteva attribuirle una finalità, sembrava consistere solo nel desiderio di farsi notare. Ma da chi? Qui le cose si complicavano notevolmente. Non solo questa presenza estranea si acquattava nelle pieghe della più prevedibile normalità, tanto che io stesso dubitavo di quello che percepivo; avevo iniziato a capire che in tutta questa commedia io non svolgevo nessun ruolo, se non quello di un involontario testimone passato di lì. Quella non era la *mia* storia. Da questo nuovo punto di vista, anche il biglietto che avevo lasciato per qualche settimana sulla porta mi era sembrato ridicolo.

Era, tutto sommato, un pensiero rassicurante: qualunque cosa stesse combinando il mio inconscio in quel periodo, non lo potevo identificare con la Visitatrice: la nostra relazione era permeata di una totale insignificanza. Veniva a cercare il padre, e si trovava tra i piedi il figlio: ecco la verità. Forse – riflettevo – l'inconscio, con tutta la pericolosa autonomia che gli attribuisce Jung, non percepisce la morte della coscienza a cui appartiene – o che gli appartiene. Ciecamente, la Visitatrice tentava di ricordare la sua presenza a qualcuno che non c'era più, come un cane che non smette di cercare la traccia del padrone morto. Ma mio padre, come tutti noi, non era solo il padrone, era anche questo cane. Si era lasciato dietro questo residuo, perché non tutte le parti di cui siamo composti muoiono nello stesso momento, magari il corpo e la coscienza sono più rapidi al salto e più volatili dell'inconscio. Ma era solo questione di tempo, allora. Prima o poi, chissà dove, tutto si sarebbe ricongiunto – e anche la Visitatrice sarebbe stata riassorbita nella sua assenza.

Se c'era una persona che, alla luce delle scoperte sull'inconscio formulate da Jung in *Simboli della trasformazione*, molto difficilmente avrebbe potuto sentirsi padrona in casa propria, era la ricettiva, inquieta, sognante Miss Miller. Analizzando solo le sue fantasie e i suoi stati «ipnagogici», era convinto – non a torto – di ottenere un certo grado di purezza del ragionamento. Nel 1924 ristampò *Simboli della trasformazione* con una nuova prefazione che conteneva notizie importanti, comunicate con malcelata soddisfazione: nonostante tutte le critiche che il libro aveva attirato su di sé, a quanto pareva ci aveva azzeccato riguardo al pericolo corso dalla ragazza americana, troppo esposta al potere divorante dell'inconscio per poter resistere ancora a lungo. Nel 1918, infatti, un collega gli aveva scritto dal Massachusetts informandolo di aver preso in cura Miss Miller «a causa di disturbi schizofrenici insorti dopo il suo soggiorno in Europa». Avrà anche rovesciato nella testa della sconosciuta intere biblioteche di miti e leggende – con l'aggiunta di sessantaquattro tavole illustrate –, guadagnandosi la fama di pazzo e mistificatore, ma questa appariva una prova inconfutabile dell'empatia e della sottigliezza diagnostica di Jung. D'altra parte, tutto dipende da come si interpretano i documenti d'archivio che ci sono rimasti. Lo specialista americano che ha firmato la diagnosi e informato Jung aveva un nome così incredibile che sembra uscito da un episodio dei *Simpson*: si chiamava Edwin Katzenellenbogen. Ebbene, il dottor Katzenellenbogen aveva riconosciuto nella paziente una personalità psicotica con tratti «ipomaniaci» che la tenevano in perenne stato di agitazione. Osservò un temperamento instabile, seduttivo, eccessivamente loquace – ma la rimandò a casa, con l'unica tutela di una zia, nel giro di una settimana. Dagli archivi di altri istituti psichiatrici americani sono emerse le tracce di una ricaduta intorno ai quarant'anni: anche in questo caso, i referti sembrano testimoniare una situazione meno grave della fosca profezia di Jung sui *prodromi di un caso di schizofrenia*. Dove stava esattamente la verità? Jung, basandosi sulle innocenti fantasticherie poetiche e mistiche che la ragazza aveva affidato al suo memoriale, aveva fatto di Miss Miller un simbolo della psiche umana sul punto di soccombere alle forze ancestrali e mitologiche dell'inconscio. Rispetto ai simboli, le persone reali possiedono il vantaggio di essere più imprevedibili, ma spesso, documenti alla mano, risultano più deludenti.

Consigliato da un amico esperto di Jung, mi ero procurato un numero di «Spring», una rivista molto elegante di «archetipi e cultura», dove c'erano molte notizie e fotografie di Miss Miller. Jung non poteva saperlo, ma era bellissima, come una diva di Hollywood dell'età d'oro del muto. Nata a Mobile, in Alabama, l'11 luglio del 1878, dunque sotto il segno del Cancro, era cresciuta a New York, dove il padre lavorava per un'industria mineraria. Nel 1898, compiuti vent'anni, si era imbarcata per l'Europa assieme ai suoi genitori, per un classico tour nel Vecchio Mondo da americani benestanti. Da Stoccolma avevano raggiunto San Pietroburgo, erano scesi a Odessa e di lì si erano diretti verso l'Italia, facendo scalo a Costantinopoli e Smirne. Quando i genitori tornarono a casa, Miss Miller – che a quei tempi si firmava «Franceska» per evitare equivoci – rimase in Europa per seguire dei corsi universitari, in Germania e in Svizzera. A Ginevra, aveva conosciuto Théodore Flournoy, che nel 1905 pubblicò il resoconto dei suoi singolari stati di alterazione mistici e fantastici. Tornata in America, Miss Miller iniziò a tenere delle conferenze-spettacolo sulla condizione della donna in varie culture ed epoche storiche. Il fatto notevole è che si travestiva e si acconciava come le donne di cui raccontava la vita: sui giornali del tempo, che parlavano in termini entusiastici di questi *costume readings*, apparve camuffata da contadina greca o russa, o da antica ateniese, o con indosso l'abito elegantissimo da dama di corte dello zar nel periodo dei Boiardi... Per una persona investita a sua insaputa del ruolo di rappresentante della psiche umana, questa inclinazione all'istrionismo e alla letteratura non è del tutto priva di significato; ma ancora più interessante, dopo l'esuberanza dei suoi vent'anni, è la sua successiva evanescenza. Le sue tracce si fanno sempre più labili e incerte con il passare del tempo, nonostante l'ostinazione dei tanti ricercatori che non hanno smesso di inseguirle. Quadra bene con il suo spirito generoso e idealistico l'adesione a un movimento filantropico per l'educazione degli adulti, la Chautauqua Institution. Poi si unì a una comunità religiosa battista, e qualcuno è riuscito a scovare, in un giornale dell'Oklahoma, il suo nome in un elenco di donne promosse al rango di diaconesse. Non è dato sapere se Miss Miller – che un altro giornale, questa volta della Virginia, nel 1907 aveva definito «una delle donne più brillanti del secolo» – ebbe una vita felice, o passabile, o funestata dai suoi fantasmi. In questa penuria di notizie, disseminata negli immensi territori dell'America, riesco a scorgere solo le tracce di un'inquietudine che doveva portarsi dietro dalla culla. Ma l'inquietudine non ha nessun significato, così come non ne ha la tendenza ad accontentarsi: sono poteri minori dell'anima, e per un consiglio buono che danno eccone in arrivo uno sbagliato. E poi, a differenza delle pazienti di Freud, la donna immortalata da Jung è una specie di categoria universale, come la giustizia, il raffreddore, il triangolo isoscele. Non rappresenta solo Jung, ma tutta l'umanità, nel suo sforzo disperato di nuotare sulla superficie di un mare oscuro e insondabile, dove non ci sono più gli individui con le loro vite strampalate e tortuose, ma le potenze, le energie, i mostri delle antiche favole. Miss Miller aveva conosciuto molta gente, e verosimilmente avrà sperimentato amori, delusioni, rimpianti. Ma la nota dominante delle persone abituate a perdersi nelle proprie fantasticherie è quella della solitudine, unita alla percezione acuta dell'irrealtà del reale. A volte, tra le scarne notizie sulla sua vita raminga vengono fuori dei nomi bizzarri, come il lago Toxaway del Tennessee: per molti aspetti, l'America di Miss Miller somiglia molto a quella di Kafka, e Karl Rossmann, l'eroe del romanzo di Kafka, avrebbe potuto benissimo assistere a una delle conferenze in costume di Miss Miller. Nei saggi e negli articoli che avevo scovato non veniva fuori chiaramente se e quando Miss Miller avesse letto *Simboli della trasformazione*, ma mi sembra almeno possibile. Cosa poteva pensarne? Le vite, tutte le vite, sono i residui delle teorie. E anche le persone immortalate muoiono, prima o poi. A quanto pare, lei morì a Londra, dove era andata a vivere ospite di una sorella minore, di nome Harriet, che aveva sposato un predicatore. Pare che la loro casa sia stata distrutta durante la guerra da un bombardamento tedesco, e che la piccola famiglia si sia trasferita a York.

Orfani della madre e strappati al paesaggio materno delle Langhe, mio padre e le sue sorelle non se la passarono male ad Ancona. La nonna era buona con loro. Questo ramo della famiglia aveva conosciuto tempi migliori, grazie al commercio dei tessuti; ma la prima guerra mondiale aveva causato una rovina, legata in qualche modo all'Ungheria. Comunque, la nonna Artemisia faceva di tutto per addolcire quello che era il dolore più grande della vita di mio padre in questo periodo, ovvero l'obbligo di partecipare alle odiose e ridicole adunate fasciste del sabato, con la divisa da balilla, il moschetto, e tutte quelle immonde stoltezze che venivano berciate o cantate in coro. Al ritorno, per confortarlo, gli preparava un bagno caldo e qualcosa di buono da mangiare. In un mondo pieno di spie e di fanatici, con il capofamiglia in Africa, tutti in casa erano molto prudenti. Ma mio padre si era trovato bene con i compagni di scuola. Mi raccontava che, da ragazzino delicato e un po' imbranato come era, gli piaceva la loro rozzezza di modi, la precoce disinvoltura di chi cresce in un grande porto di mare. Più tardi, finita la guerra, si sarebbe legato a degli artisti di Ancona, attratto dalla loro anarchia e vitalità. Mentre faceva l'università a Bologna, aveva conosciuto dei veri intellettuali, sia cattolici che comunisti, ma aveva sempre conservato un ricordo positivo di Ancona proprio per la gente più libera e più pazza che aveva incontrato lì. Da parte loro, i compagni di scuola lo avevano accettato così com'era. Lo chiamavano *il pope*, per il suo aspetto riservato e pensoso. Strano soprannome: ci saranno stati dei preti ortodossi ad Ancona, una comunità greca? Ma non c'era nulla di ingiurioso in questo nomignolo, e al futuro mago si addice alla perfezione. Del resto, mi è sempre stato difficile immaginare un'epoca della sua vita in cui non abbia esercitato il suo carisma. Strangamente, quando gli estirpavo questi ricordi, a uno a uno, con la solita fatica, se si trattava di un'insicurezza sociale, o di un qualunque altro limite che lo aveva fatto sentire diverso dagli altri, tirava spesso in ballo me come termine di paragone – «sai, io non ero estroverso e capace di fare amicizie *come te*»; «a quell'epoca, ero molto meno adattato *di te* al mondo circostante...»; «non ero bravo a corteggiare le ragazzine *come facevi tu*». Si era fatto addirittura l'idea, del tutto campata in aria, che fossi bravo a giocare a pallone, mentre lui era una schiappa totale. A differenza dei cugini e degli altri parenti, mio padre e le sue sorelle erano semplicemente *discriminati*, come diceva la burocrazia fascista, perché figli di un matrimonio misto. Ma fino all'8 settembre del 1943 le cose filarono abbastanza lisce, a parte qualche piccola vessazione: il compagno che lo provocava dicendogli «sta' zitto, ebreo», o il prete che insegnava religione che, quando arrivava il suo turno all'appello, definiva il suo cognome «allogeno». Lui non capiva nemmeno la battuta di quel demente, pensava che dicesse «alogeno» (immaginai mio padre seduto al suo banco brillare come una lampadina). Mi sono fatto l'idea che gli amici che frequentava («irridenti, chiassosi, violenti») abbiano rafforzato o addirittura indurito positivamente il suo carattere, correggendo un eccesso iniziale di delicatezza e schifiltosità. La vita ad Ancona insomma lo avrebbe reso in qualche modo più adatto alla guerra. Quando venne il momento di scappare, mio padre e le sorelle trovarono rifugio in un minuscolo paese dell'Appennino, Sant'Elia, dove vissero in una pieve abbandonata. In quei giorni si affezionò molto al figlio dei contadini che vivevano lì vicino. Si chiamava Santino, era totalmente analfabeta, non aveva mai visto nulla del mondo, nemmeno una macchina. Mio padre gli insegnava a leggere e a scrivere, gli raccontava delle storie. Ma questo Santino aveva un criterio ferreo: accettava solo il racconto di fatti veri, non tollerava che qualcuno potesse inventare una vicenda, manipolare la realtà. Tollerava solo i sogni, forse perché i sogni sono di per sé cose realmente accadute. Nel frattempo, mio padre era entrato in contatto con una banda di partigiani comunisti. Stavano sulla Rossa, la montagna sopra Sant'Elia. A garantire per lui fu un conoscente più grande di qualche anno, un calciatore che giocava nella squadra di Ancona. Mio padre ricordava ancora il nome di questa persona così decisiva in quel frangente della sua vita, Collesi. Se non si confondeva, potrebbe trattarsi di Aroldo Collesi, detto Roldo, portiere e poi allenatore di molte squadre importanti di provincia (gli è stato dedicato lo stadio di Jesi). E così, arrivò il momento di lasciare un biglietto alle sorelle («un po' *melodrammatico*, come puoi immaginare!») e salire sulla Rossa. Fu un gesto di sapore antico, da romanzo dell'Ottocento. Uno di quei momenti della vita umana in cui, per così dire, tutto ciò che è sparpagliato si raccoglie, come se fosse possibile tenere sé stessi sul palmo della propria mano, e ci si affida alla buona sorte.

Nel 1936, quando mio padre e le sue sorelle abitavano ancora nel loro paradiso perduto delle Langhe, Ernst Bernhard, che aveva quarant'anni, era arrivato a Roma mentre in Germania il potere dei nazisti si consolidava tanto da rendere ormai impossibile l'esistenza agli ebrei. I suoi genitori non riuscirono a scampare alle grinfie dei persecutori: suo padre sarebbe finito in una camera a gas in Polonia, e sua madre si sarebbe uccisa a Parigi. Prima dell'Italia Bernhard aveva scelto l'Inghilterra, ma la sua richiesta di asilo era stata rifiutata perché, nel modulo per l'immigrazione, si era definito «astrologo e chiromante». Quella di Roma era stata una scelta ben ponderata, in armonia con l'«inveterata vocazione alla clandestinità» che gli attribuiva uno dei suoi pazienti più illustri, Giorgio Manganelli. Negli anni precedenti aveva conosciuto Jung e imparato da lui cose importanti, ma non ne era nata nessuna forma di reale amicizia. Più di ogni teoria della psiche, doveva stargli a cuore il rapporto diretto con i pazienti. Cosa fa esattamente un guaritore? Se c'è un potere che gli è indispensabile, è quello, tipicamente apollineo, di *sciogliere* – come diciamo che *si scioglie* un cane perché sia libero di correre in un parco. Tutti noi, chi più chi meno, abbiamo bisogno di essere sciolti: non solo dal falso destino che gli altri hanno scelto per noi (che sarebbe il meno) ma da quello (altrettanto falso) che noi stessi ci costruiamo intorno mentre viviamo. Credo che persone come Bernhard o mio padre riuscissero ad agire, delicatamente ma energicamente, proprio sull'idea di sé, con tutto il suo contorno di desideri illusori, che falsifica il destino degli esseri umani rendendoli infelici, bisognosi, pieni di insistenti e micidiali rancori. Giorno dopo giorno, noi scaviamo nel terreno che abbiamo sotto i piedi – del resto ci sembra normale: tutti gli altri non fanno così? –, fino al giorno in cui ci rendiamo conto che le pareti della nostra buca sono troppo alte e ripide per poterle risalire. Come siamo finiti laggiù? Quando abbiamo cominciato a sbagliare? Stabilirlo serve a poco; il fatto è che sei lì, sul fondo umido della buca, a fissare come un idiota uno spicchio di cielo sempre più lontano o irraggiungibile. Sono stati mamma e papà a metterti in mano la vanga? È verosimile, ma c'è anche un sacco di gente che se la procura in altri modi. Il problema vero è che *non sei libero*, non ti ricordi nemmeno cosa significa. Perché quella buca dannata non è qualcosa di esterno, ma la tua stessa identità. Quello che ha da offrirti uno come Bernhard è poco più di un pezzo di corda, una striscia di lenzuolo con qualche nodo; se pretendi un ascensore, non c'è tempo, e non c'è spazio. Utilizzo ancora la testimonianza di Manganelli: «il lavoro di Ernst Bernhard fu di tranquilla, ostinata, anche lieta eversione; consapevole del fatto che nessuno è peggiore del buon cittadino, e che una legge giusta è più vessatoria di una legge ingiusta perché ti vuole suo complice, aveva trovato a Roma una sua seconda patria, o piuttosto quel luogo complice, levantino, che gli consentiva il suo solitario esperimento ermeneutico». Ma quella di passare inosservati è, alla prova dei fatti, solo una delle tante illusioni che Roma regala ai suoi abitanti. Dopo le leggi razziali, la città si riempì di spioni e delatori; con l'entrata in guerra le cose, ovviamente, peggiorarono. E arrivò il giorno in cui Bernhard finì nella macchina infernale, in qualità di ebreo e straniero. Per fortuna non venne consegnato direttamente ai tedeschi, ma deportato in Calabria, a Ferramonti, in provincia di Cosenza, a quei tempi un luogo malsano e letteralmente fuori dal mondo. Il rischio di essere spedito da lì in un lager nazista divenne evidente e concreto: tra il luglio del 1940 all'aprile del 1941 la vita di Bernhard fu appesa a un filo sottilissimo. La sua compagna, Dora, rimasta a Roma, iniziò un lavoro capillare fra tutte le conoscenze in qualche modo legate al regime fascista che potessero tirare Bernhard fuori dai guai. Le toccò una serie di anticamere, risposte ambigue, vere e proprie umiliazioni in un orrido sottobosco romano che non avrebbe evitato al marito di finire dritto ad Auschwitz o in un altro inferno, se finalmente non fosse intervenuto un uomo in tutti i sensi superiore, Giuseppe Tucci, il grande esploratore dell'Asia ed esperto di cultura tibetana, che fece pressioni dirette su Mussolini per farlo liberare. I pericoli non erano finiti, e i Bernhard dovettero nascondersi fino alla fine dell'occupazione tedesca in un appartamento segreto messo a disposizione dai loro padroni di casa.

Liberata Roma, finalmente si sposeranno. Durante il periodo di detenzione nel campo di concentramento calabrese Ernst e Dora (che per prudenza si fingono «cugini») si erano scambiati moltissime lettere, pubblicate da Luciana Marinangeli nel grosso volume che mi aveva regalato insieme al mio quadro astrale, così rapidamente perduto. Sono lettere indimenticabili – sia quelle di Ernst a Dora, che quelle di Dora a Ernst. Mentre lei, bussando a tutte le porte, combatte accanitamente per trovare il filo della salvezza del compagno deportato, lui non smette di rassicurarla, giorno dopo giorno, scrivendole la cronaca di un processo di adattamento alla situazione che testimonia un grado di saggezza, distacco, radicamento nell'attimo presente che ha del prodigioso. Certo, possiamo pensare che in qualche misura, per rassicurare Dora, Ernst ometta gli aspetti negativi e angosciosi della sua situazione – un po' come fa Benigni con il bambino in *La vita è bella*. Ma è altrettanto evidente che quest'uomo ancora giovane aveva imparato ad attingere le sue energie da un centro vuoto, un luogo di serenità e armonizzazione delle forze contrarie. Forse questo luogo imperturbabile, questa camera segreta in cui la coscienza di sé e la confidenza nel destino sono indistinguibili, esiste in ogni essere umano. Ma in genere accedervi è difficile, poiché il passaggio è ostruito. La paura e i desideri nascondono la strada interiore che ci porterebbe a noi stessi, a ciò che veramente siamo. Non si è mai abbastanza allenati ad afferrare l'attimo presente, a riconoscerlo come l'unica dimora sicura. In bilico tra la vita e la morte, con pochissime carte in mano da giocare, durante i mesi passati nel campo di concentramento calabrese Bernhard fu costretto a sperimentare l'efficacia reale delle cose in cui credeva, dei libri che amava, di tutto quello che aveva imparato fino ad allora. Ciò basterebbe a fare di queste lettere un documento eccezionale sulla forza del carattere e sull'indipendenza dalle circostanze esteriori, ma la loro unicità deriva da un vile motivo burocratico. Dora e Ernst si scrissero moltissimo in quei terribili nove mesi, ma per evitare i rallentamenti della censura rinunciarono al tedesco. L'italiano lo sapevano abbastanza bene tutti e due, come lo sanno due stranieri che vivono da tempo a Roma, capaci di conversare o leggere libri e giornali, ma senza trovarsi mai di fronte alla necessità di scriverlo. L'effetto paradossale, del tutto imprevisto ma potentissimo, è che gli errori di grammatica e di ortografia, dovuti alla sostanziale estraneità del mezzo di espressione, moltiplicano l'effetto di intimità prodotto da queste lettere. Simile a un sofisticatissimo congegno di registrazione, l'errore cattura qualcosa che non ci saremmo mai aspettati: la voce del grande guaritore, come se fossimo davanti a lui ad ascoltarlo. «Devi sempre pensare che siamo ben guidati dalla Provvidenza, se anche non possiamo ricognoscerla sempre»; «aspetto calmamente l'andamento delle cose e cerco di ricognoscere il senso profondo di questi evenimenti». È ovvio che se Bernhard avesse scritto correttamente («riconoscere», «avvenimenti»), le sue parole conserverebbero tutto il loro valore, la loro sofferta saggezza. Ma questi errori sono come la pietra di inciampo che all'improvviso, squilibrandolo, rivelano il peso e la posizione nello spazio di un corpo che cammina. Sembra davvero di risalire, attraverso la scrittura incerta delle lettere, a quello stadio originario della sapienza che in tutte le civiltà è affidata a una trasmissione orale, e dunque alle molte incognite e alle risorse della presenza, della voce. «Oggi è domenica, si lo sente: una certa serenità compie l'aria e il sole sembra più maestoso e sacro».

Come l'opera degli alchimisti, scrive Bernhard a Dora il 13 luglio del 1940, anche il «cambiamento interno» è un processo di trasformazione della materia – e il suo risultato è *l'oro puro del sapere profundo*.

«...quel fattore suggettivo, i propri desideri, che stanno in contrario col nostro destino...»

«Facciamo tutto ciò che possiamo fare e basta; perché non possiamo sapere di cui abbiamo bisogno...»

Non diversamente dalla Degenerata, anche la Gatta Morta, con tutta la sua sussurrante mitezza, disapprovava il mio stile di vita astratto e solitario. Forse le due peruviane vedevano incombere su di me gli stessi rischi di disorientamento e disgregazione che Jung aveva intuito nelle fantasie poetiche di Miss Miller. *Prodromi* – non necessariamente della schizofrenia. Qualunque tipo di diserzione, deliberata o involontaria, dalle correnti della vita è già di per sé, agli occhi degli altri, un sintomo o una malattia. Cominci a ripeterti che il mondo è un'illusione – magari perché lo hai letto o sentito dire da qualche parte, e ti sembra un'idea brillante, rassicurante – e un bel giorno ti rendi conto che è proprio così, hai finito per bucare il palloncino colorato. Il tessuto dell'illusione non si rigenera. Una notte di giugno – già abbastanza afosa da ricoprire di un sottile velo di umidità la pelle liscia di Paradisa, esaltandone l'aroma di vaniglia – guardavamo come al solito la tv. Dovevamo essere incappati in qualche programma che riguardava l'invecchiamento della popolazione italiana, o qualcosa del genere: le solite storie sui bambini che nascono sempre meno, nei paesi come il nostro, e quando nascono sono destinati al ruolo amletico di figli unici... Paradisa, la voce poco più alta di un sussurro, impastata di alcol e sonno, manifestò tutta la sua disapprovazione, scuotendo addirittura la testa. Da buona populista e ammiratrice di governi autoritari, considerava il calo demografico italiano come una specie di colpa, di leggerezza morale, di stitico egoismo. Ma più di tutto, di queste esaurite popolazioni soffocate dal peso del loro benessere detestava la grande quantità di hijos únicos: soli nelle loro stanzette stipate di giocattoli muti e costosi, senza fratellini e sorelline... che infanzia era? E lei, Paradisa, aveva figli? Figli? rispose ridendo – lei era già una nonna! Venne fuori che da giovane ne aveva scodellati tre, ormai in grado di badare a sé stessi. La grande viveva a Lima, dove aveva trovato un bravo marito, e i due fratelli più piccoli erano in Suiza, a Ginevra, dove un loro zio, un certo tío Gustavo, che avevo già sentito nominare nelle conversazioni tra lei e la Degenerata, era proprietario di un grande pub. Presto li avrebbe raggiunti lì. Volevo vedere le foto? Lei stessa, da bambina, era cresciuta insieme a tantissimi fratellini, sorelline, cuginetti, figli di vicini di casa: l'unica vera fortuna che noi mortali possiamo augurarci al momento di nascere. Tutti erano poveri: in casa, nel grande condominio popolare, nel quartiere periferico da cui proveniva. Pochi giocattoli, pochi vestiti, a volte pure il cibo era scarso: ma Paradisa aveva un ricordo felice della sua infanzia, neanche un'ombra che lo funestasse. Ascoltavo quelle memorie sussurrate con voce roca e di lì a pochi secondi sarei scivolato nell'incoscienza, quando afferrai un pezzo del discorso che mi fece letteralmente sobbalzare sul letto. Per un normalissimo concatenamento di idee, o stimolata da una mia domanda distratta e sonnolenta, Paradisa si era ricordata un gioco che facevano in cortile i bambini del grande condominio in cui era cresciuta. La pregai di ripetere per bene quello che mi aveva raccontato. Ricordava le regole del gioco? Seguro, mi rispose stiracchiandosi. Il nome del gioco era l'hijo del mago, anche in Italia doveva esserci stato un gioco così, quando i bambini erano tanti e affollavano i cortili aspettando il richiamo delle madri per la cena. Tutti i niños del mondo fanno gli stessi giochi. Correvamo su e giù per il cortile, proseguì Paradisa, scambiandoci di posto, fino a quando, a un certo segnale, bisognava restare immobili. Tutto stava nell'evitare un solo posto sbagliato: la cueva del mago. Prima o poi si doveva passare di lì, il più rapidamente possibile, scambiandosi il posto con un altro compagno. La spietata giustizia infantile stabiliva che chi si trovava lì alla fine delle corse era eliminato, e doveva pagare una penitenza. Tutti lo prendevano in giro – *hijo del mago... hijo del mago!!!* I più piccoli, facilmente ingannati dai più esperti, si mettevano a piangere non tanto per la penitenza, ma per l'umiliazione. Così fanno i niños, abituandosi reciprocamente alle insidie e alle ingiustizie della vita – e fanno bene. Paradisa aveva ragione: quello che ricordava era un gioco antico come il mondo, e universale. E come tutti questi giochi arcaici, pervasi di violenza e fatalità, reclamanti la destrezza degli eroi, era la traccia evidente di una storia, di un mito proveniente dalla notte dei tempi e arrivato a Paradisa e ai suoi amichetti dell'estrema periferia di Lima per vie talmente traverse da apparire inconcepibili. Dunque c'era stato una volta un mago, e questo mago aveva una cueva, una grotta, una casa. Poi questo mago era morto, o era sparito alla maniera dei maghi. Ma che nessuno si azzardasse a occupare il luogo in cui era vissuto! Se gli altri lo sorprendevano lì, gli imponevano una penitenza, lo escludevano dal gruppo. Non è che il mago si fosse lasciato alle spalle dei figli veri e propri, come un normale padre. Chiunque poteva diventare figlio del mago, se si fosse trovato dove non doveva stare. Il figlio: una parodia del padre, un impostore, una brutta copia. Era questo che voleva dirmi la Visitatrice, con i suoi continui scherzetti e sabotaggi?

Si era fatto molto tardi. Attraverso la finestra aperta le luci dell'albergo dall'altro lato della strada silenziosa formavano chiazze indistinte sulle pareti e sul soffitto. Nell'aria aleggiava il profumo alla vaniglia di Paradisa, confuso all'odore più tenue e aspro del fornelletto per le zanzare. Da qualche remota lontananza si percepiva il suono intermittente di un allarme. Mi ero abbandonato, prima di arrendermi al sonno, a un ultimo pensiero. Miss Miller, che camminava inconsapevole sull'orlo dell'abisso, e la Visitatrice, con la sua disperata e ostinata richiesta di attenzione, e Paradisa, che dormiva accanto a me... ciascuna, a modo suo, portava con sé un messaggio, anzi parte di un messaggio che sarebbe toccato a me ricomporre nella sua totalità. Se ne fossi stato capace, dal caos sarebbe emersa una forma, e dunque una verità. Potevo considerarle come degli angeli? Ma, allora, sarebbe stato necessario immaginare una presenza ulteriore, una *dea velata* nascosta nella più impenetrabile delle ombre, che mi sfidava a trovare la chiave, il bandolo del discorso cifrato che sentivo vorticarmi intorno. Sono queste le famose stagioni della vita, in fin dei conti: configurazioni momentanee di tutto ciò che in un dato momento non capiamo, non siamo capaci di afferrare e ridurre a una qualche evidenza.

Avevo cominciato ormai da qualche mese a raccogliere materiale per scrivere su mio padre, a prendere degli appunti, quando – una notte di fine febbraio del 2022 – finalmente l'ho sognato. Raccattando una matita sul comodino sono riuscito a fermare il ricordo di questo incontro onirico. Mai avevo desiderato così intensamente di sognare qualcuno. Il fatto è che volevo a tutti i costi un segnale, un cenno di approvazione. Scrivere di persone e vicende reali non è troppo diverso dal cimentarsi con storie totalmente inventate. La memoria è una grande romanziera: dilata, corregge, omette senza scrupoli, pretende di usurpare un'affidabilità che non le appartiene – con tutta la buona fede di chi la interroga. Non bisogna però trascurare il senso di colpa che le persone veramente esistite ispirano a chi le trasforma in personaggi. Non è possibile sottrarsi alla sensazione di essere dei vampiri, oltre che dei mistificatori. E dunque, quello che desideravo tanto era un sogno all'antica, ovvero la visita dello spirito di un morto, e non una proiezione, una maschera dell'inconscio. Comunque, avevo passato una lunga parte della notte a guardare le notizie davanti alla tv. Erano i giorni in cui una fila interminabile di carri armati e cannoni russi procedeva verso Kiev, nel tentativo di stringere la città in un assedio che poteva verosimilmente trasformarsi in uno sterminio. Prima di spegnere avevo pensato a mio padre e ai partigiani comunisti sulla Rossa, che aspettavano di veder piovere dal cielo le armi e i rifornimenti degli inglesi. Una volta mi aveva raccontato che la cosa che preferiva di quegli aiuti erano i paracadute ai quali venivano appesi per il lancio, fatti di una stoffa resistente al freddo e ottimi per dormirci dentro. Ma il sogno che seguì era molto meno cupo della realtà circostante. Eravamo su un montacarichi, di quelli simili a una gabbia, e procedevamo lentamente verso il piano superiore di un edificio grande e indistinto. Lo guardavo dall'alto, come se gli svolazzassi sopra la testa. Era molto bello, più giovane e atletico di come lo avevo mai ricordato, con più capelli di quanti ne avesse mai avuti, gli occhi scintillanti di piacere e di malizia – una specie di incrocio tra papà e Kurt Vonnegut, diciamo. Dopo tutti i sogni fatti in cui mio padre aveva un atteggiamento ostile e rancoroso, ora sembrava felice di vedermi, come dopo una lunga assenza. Ed è proprio questa differenza che mi aveva convinto (già durante il sogno) che non si trattasse della solita proiezione dell'inconscio, che crea le sue maschere e i suoi simboli con qualunque cosa abbia a portata di mano, ma di un'apparizione indipendente da me, di una presenza reale che aveva attraversato (o aveva permesso che attraversassi) il confine che divide i vivi e i morti. C'era un antefatto: per incontrare mio padre, perché fossimo reciprocamente visibili e riconoscibili, nonostante il dislivello delle realtà in cui vivevamo, avrei dovuto portarmi dietro, come un obolo o una parola d'ordine, una specie di simbolo, di immagine che mi definisse. E io avevo scelto di rappresentarmi con le fattezze di una libellula – a ben pensarci, il fatto che gli svolazzassi intorno guardandolo dall'alto potrebbe significare che ero *diventato* temporaneamente una libellula. Perché proprio una libellula come animale totemico, non saprei spiegare. Potrebbe esserci un'allusione al testo scritto (come nel verso di Catullo: «*cui dono lepidum novum libellum...*»). In tal caso, ma non ne sono sicuro, avrei scelto di apparire a mio padre non in quanto me stesso, bensì come il libro, il *libellum*, che intendevo scrivere su di lui. E comunque avevo riacquistato subito sembianze umane ed ero sceso alla sua altezza, sul pavimento del traballante montacarichi, mentre lui continuava a occuparsi dei comandi, scegliendo sempre un piano più alto. Mi rimproverava scherzosamente con dei buffetti, come si fa con un bambino. Se aveva gradito il simbolo della libellula, il motivo del bonario rimprovero era un altro. A quanto pare, avevo abusato della parola «malinconia». Basta con questa malinconia! A forza di pronunciarla, la parola aveva perso qualunque significato attendibile. *Bisogna trovarne una nuova*, diceva mio padre con l'aria di chi la sa lunga.

Il sogno che ho riferito si potrebbe anche definire propiziatorio: pochi giorni dopo, verso i primi di marzo, ero nelle Langhe, con l'intenzione – abbastanza vaga – di visitare Diano d'Alba e soprattutto, ovviamente, la casa in cui mio padre aveva trascorso gli anni più felici dell'infanzia, giocando con Bobi, il grosso cane lupo, e meditando sulle avventure di Peter Pan, così piene di arcana saggezza. Per questo motivo avevo accettato l'invito a tenere una conferenza da quelle parti, non lontano da Grinzane e Alba, come un pretesto per questa visita che a lungo avevo rimandato. Le cose andarono meglio di come potevo sperare perché vennero a sentire la mia conferenza due signore gentilissime di Diano. Avevo parlato di Beppe Fenoglio, di come per mio padre e le sue sorelle questo grande scrittore fosse quasi una persona di famiglia, nei confronti del quale provare un giusto orgoglio. Alla fine avevo raccontato della professoressa di inglese e del dono della lucerna romana. Ebbene, dopo la conferenza le due signore di Diano si erano avvicinate e mi avevano preso da parte. Conoscevano bene la mia famiglia. Se volevo venire su a Diano, che le chiamassi, mi avrebbero fatto vedere tutto quello che desideravo. Soprattutto la grande casa, ora proprietà del Comune, che la stava trasformando in un centro culturale dove organizzare mostre, convegni, concerti e tante altre cose. Avrei visto i lavori, ormai quasi terminati. Le due signore mi avevano ispirato un'immediata simpatia e confidenza. Ed erano arrivate al momento giusto: già da due giorni ero lì, a pochi chilometri da Diano, la vera destinazione di quel viaggio, se non che ero stato sopraffatto da un imprevisto disagio. Il nome del posto da cercare lo conoscevo, San Sebastiano, ma avrei trovato tutto chiuso, e non sapendo a chi rivolgermi avevo rimandato la visita fino all'ultimo giorno utile prima di partire. Ed ecco che mi avevano raggiunto direttamente da Diano due persone in grado di rendermi tutto facile. Mi avevano lasciato dei biglietti da visita con il numero di telefono, e così, il giorno dopo, quando ancora la luce del sole era alta, ho chiamato un taxi che in non più di un quarto d'ora mi ha scaricato di fronte al cimitero di Diano. Era il primo pomeriggio di un sabato, e il paese era silenzioso, poggiava sulla sua altura come un gatto acciambellato sul divano. I vigneti non avevano ancora messo fuori la minima fogliolina, ma già i mandorli, quei sublimi incoscienti, fiorivano sul ciglio delle vecchie strade di campagna. Le mie due nuove amiche erano al cimitero, che da un versante della collina si affaccia sulla valle. Era un bellissimo paesaggio: nessun pittore sarebbe stato in grado di rappresentare con tanta evidenza e ricchezza di particolari la compresenza dell'inverno agli sgoccioli e della primavera in arrivo. Quando il vento umido formava degli squarci tra le nuvole in corsa, i raggi del sole doravano una cascina solitaria, un campanile romanico, un tratto di strada lucida che correva tra i paesi della valle ai nostri piedi. Sugli alberi ancora spogli si riconosceva la forma dei nidi nell'intrico dei rami. I dorsi delle colline si inseguivano e si accavallavano come un mare di terra fertile, che dilagava a occidente fino a lambire le ripide scogliere del Monviso. Le tombe di famiglia erano subito a sinistra del cancello: targhe di marmo sovrapposte sotto un arco. I resti di mio padre non erano lì: ci aveva chiesto di spargere le sue ceneri in un luogo che amava e così abbiamo fatto. Siamo rimasti poco al cimitero. La casa abitata da tante generazioni di miei antenati, dove mio padre ha trascorso l'infanzia, non è lontana. Mentre ci dirigevamo al cancello che delimita il terreno della proprietà (in certe vecchie foto avevo notato un lungo e ombroso viale di pioppi, ora sostituiti da nuovi alberelli) ci ha raggiunto anche il sindaco che, come le mie guide, mi ha ispirato immediatamente un sentimento di familiarità, non saprei come altro definirlo – quasi che tutti avessero afferrato il senso di quella visita meglio di me. E in compagnia del sindaco siamo finalmente arrivati nella corte della grande casa: un corpo centrale abbellito al primo piano da una loggia, e due lunghe ali a ferro di cavallo. Immobile nella pace meridiana, una gru sorvegliava il cantiere. Agli occhi di un bambino una casa così grande, così piena di tempo e di segreti, doveva sembrare una specie di regno da esplorare, un mondo di meraviglie e paure inesauribili. Il sindaco ci ha spiegato che i lavori per mettere in sicurezza e aprire al pubblico un edificio come questo sono necessariamente lunghi e complessi: a vederle da fuori, paiono costruzioni eterne, in realtà sono prive di fondamenta: mura di tufo sul tufo del suolo – «come i giochi dei bambini». Abbiamo iniziato a costeggiare un fianco della casa per raggiungere la «spianata», tutti in paese la conoscono così, una prateria rettangolare delimitata per un lato da un bosco, e per l'altro da una vigna. Guardando le finestre silenziose mi era venuta all'improvviso in mente una leggenda di famiglia che avevo ascoltato tante volte da una delle mie zie. In quella casa era sempre vissuto un *furetto*, così lo chiamavano, acquattato negli angoli più inaccessibili, nelle ombre ancestrali, nel fondo degli armadi. Come suggeriva il nome era una bestia, ma apparteneva alla specie degli spiriti domestici capaci, alla bisogna, di attraversare i muri o rendersi invisibili. Come la Visitatrice, si manifestava con dispetti e scompigli di piccola entità. Né buono né cattivo, era impossibile ingraziarselo, o stabilire un qualunque legame con lui. Che rubasse del cibo, intrufolandosi nella dispensa, era evidente a mio padre e alle sue sorelle; ma nessuno poteva dirsi altrettanto sicuro che poi lo mangiasse – magari si nutriva di polvere e ragnatele, o non aveva nessun bisogno di nutrirsi. Probabilmente questi esseri vivono principalmente della consapevolezza che gli altri hanno della loro presenza, e delle storie che se ne raccontano. E mentre camminavamo lungo il muro esterno della casa, diretti verso il lato posteriore e la spianata, mi sono reso conto che ormai, quasi sicuramente, ero l'ultima persona al mondo a ricordarmi del furetto che abitava in quelle mura disabitate da così tanti anni. Immaginai un essere decrepito e rattrappito, da qualche parte lì dentro, che accorgendosi del mio passaggio rialzava la testa, annusando l'aria, per poi ripiombare nell'incoscienza, pronto a dissolversi nel nulla. Il sole ai primi di marzo cala ancora rapidamente, e si era già ritirato del tutto dalla spianata. Sul lato opposto alla casa, i primi alberi del bosco che ricopre un fianco della collina vegliavano silenziosi. Da qualche parte nei dintorni arrivava l'odore pungente di un fuoco di stoppie. Tra i rami spogli, qua e là, si vedevano accendersi le prime luci lungo le strade e alle finestre dei paesi. L'acqua di uno stagno, in fondo a un ripido fossato circondato da una staccionata, rifletteva il profilo delle nuvole quasi interamente assorbito dal cielo che si oscurava. Mio padre mi aveva raccontato che era stata la lettura di *Peter Pan nel giardino di Kensington* a trasformare la sua paura del buio in confidenza e in attrazione. Grazie alla storia e alle sue illustrazioni aveva imparato ad amare la notte, a percepirne le presenze benefiche, gli spiriti protettori degli antenati che vegliano sui sogni dei bambini. Peter Pan gli aveva messo in mano il filo (tenace, dorato, sottilissimo) necessario ad attraversare le tenebre e a uscire indenne dall'altra parte. Non necessariamente ciò che è oscuro è malvagio, così come non tutto ciò che splende nella luce è buono. Aveva cominciato, verso i dieci anni, a fare dei sogni particolarmente vividi e veritieri, in cui si spingeva fino al limite del bosco, dopo avere attraversato la spianata, evitando lo stagno. Me ne aveva parlato nell'intervista, ed eccomi lì, nella scena di un sogno ricorrente di mio padre. Tra gli alberi vedeva apparire e procedere verso di lui delle figure bianche vagamente elfiche, custodi di segreti e incantesimi.

Grazie alle mie amiche e al sindaco avevo potuto assistere all'arrivo della sera camminando sulla spianata. Li ho salutati con il cuore pieno di gratitudine, alla luce di un lampione che si era appena acceso. Grazie a loro ero arrivato molto vicino a un'origine, a una fonte di energia potente e indefinibile. Il tassista che mi aveva portato a Diano si era trovato un bar per aspettare che finissi con comodo la mia visita. Lasciandomi alle spalle il paese, mi ero scoperto più emozionato di quanto mi aspettassi da me stesso – come quando ci rendiamo conto di aver sfiorato una verità senza riuscire ad afferrarla saldamente. Era solo una storia – o meglio, un mito – che non smettevo di raccontarmi: quella di un ragazzino ancora inesperto della vita, non ancora, per così dire, venuto al mondo completamente. Perché nascere non basta, ogni tipo di destino impone che si nasca una seconda volta, e questa è una *nascita notturna*, un orientamento che in alcuni individui può essere decisivo verso l'ombra, l'oscurità, i tesori del buio. Beppe Fenoglio questa storia l'aveva raccontata benissimo in uno dei suoi racconti più belli, lo avevo letto solo qualche giorno prima viaggiando in treno verso il Piemonte. Si intitola *Gli inizi del partigiano Raoul*. C'è questo ragazzino – vive con sua madre, figlio unico – che decide di raggiungere i partigiani perché sente che è arrivato il suo momento. La mamma ovviamente lo scongiura, prima di lasciarlo andare, ma lui ha deciso. È poco più che un bambino cresciuto nella bambagia, e una volta arruolato tra i partigiani l'impatto con i nuovi compagni, con la loro rudezza e mancanza di pudore, lo traumatizza al punto che vorrebbe tornare a casa da mamma. La svolta del racconto, degna di Tolstoj, si verifica alla fine di questa prima giornata tutta storta, quando a Raoul viene affidato il turno di guardia, mentre i compagni dormono in una cascina lì vicino. È allora che la delicatezza di Raoul, che gli ha fatto detestare gli altri, trova un compenso nella solitudine. Stringe in mano il suo moschetto, e il cattivo umore accumulato lungo il giorno a un tratto si dissolve. Dagli occhi della sentinella solitaria, poco più che un'ombra tra le ombre, sembra sollevarsi un velo. Seconda vita, seconda vista. È nel momento in cui Raoul guarda dove non c'è nulla da vedere che il mondo gli si rivela, come se finalmente aprisse la serratura che lo teneva nascosto. Questo battesimo notturno ispira a Beppe Fenoglio delle righe perfette, forse le più belle che abbia mai scritto. «L'essere solo e armato nella notte fu la prima grande sensazione che provò, l'unica delle tante belle che aveva immaginato doversi provare da partigiano. Stava all'erta ma senza timori, non c'erano insidie nella notte, anche se ai suoi occhi troppo fissi il buio pareva brulicare e in fondo alla valle gli alberi crosciavano con un rumore di grandi cascate d'acqua. Non una luce nel seno nero delle colline, luci c'erano laggiù in fondo a tutto, là dove si poteva credere che ci fosse la pianura. Si voltò a guardar giù alla cascina e la vide tutta spenta».

Non c'erano insidie nella notte.

Esattamente come le storie d'amore, che dopo una scintilla iniziale si arenano al primo ostacolo, alla prima diffidenza, senza che la colpa sia dell'uno o dell'altro, e l'unica cosa che se ne può pensare è che non era destino, anche la relazione tra paziente e guaritore può prevedere che uno dei due si metta di traverso, finendo per arrendersi: non si stanno abbastanza simpatici, se vogliamo dare una spiegazione grossolana, o generano delle resistenze che rendono impossibile qualunque beneficio. Poco male. Può anche darsi il caso in cui è proprio il fallimento di una relazione a farci percepire nitidamente, a distanza di tempo, il valore e l'unicità dell'altro, la bellezza della strada che non abbiamo imboccato. È questo paradosso a rendere insostituibile, tra tantissime testimonianze e memorie su Ernst Bernhard, quella di Natalia Ginzburg: l'articolo, intitolato *La mia psicoanalisi*, uscì sulla «Stampa» nel 1969, quando erano passati più di vent'anni dalla conoscenza del «dottor B.», come lo chiama la grande scrittrice. Si era rivolta a lui nel 1947, consigliata da un'amica, in una condizione di prostrazione morale e materiale non molto dissimile da quella che aveva spinto mio padre a bussare alla porta di via Gregoriana, all'incirca nello stesso periodo. Vedova di un eroe della Resistenza massacrato nel carcere di Regina Coeli, con tre figli piccoli a carico, Natalia Ginzburg per qualche mese andò dal dottor B. ogni giorno alle tre. Sapeva che Bernhard aveva una moglie, ma non la incontrò mai. Era lui ad aprirle la porta e a guidarla nel famoso studio dalle cui finestre si vedeva tutta Roma. Ma a differenza di altri pazienti, Natalia sembra insensibile a quella splendida vista. Il suo straordinario apparato percettivo semmai è attratto dal resto della casa, che al di là del percorso obbligato dall'entrata allo studio rimane avvolto nel mistero. Sa che il dottore ha una moglie: dove sarà nascosta? E dove sarà la loro camera da letto? Attinto da una memoria ancora viva, il ritratto del dottor B., tracciato rapidamente come fosse uno schizzo al carboncino, è perfetto: «...era un uomo anziano, alto, con una coroncina di riccioli argentei, piccoli baffi grigi, spalle alte e un po' strette. Aveva sempre camicie immacolate, col collo aperto. Aveva un sorriso ironico, e un accento tedesco. Aveva al dito un grosso anello d'ottone con iniziali, mani bianche e delicate, occhi ironici, lenti d'oro». Quanto allo sguardo del guaritore, alla paziente che non sa più cosa fare della sua vita sembra colmo di ironia e di attenzione. In particolare, ricorda la Ginzburg, il dottor B. ha sempre l'aria di aver previsto tutto – «non lo coglievo mai di sorpresa». Anche se non lo dice esplicitamente, questo può essere un fatto rassicurante, una manifestazione dell'aspetto imperturbabile della saggezza. Non si può dire che la paziente, con tutto il suo smarrimento e la sua angoscia di fronte al futuro, non riconosca immediatamente che il dottor B. è un uomo fuori del comune, dotato di straordinari poteri di indagine e comprensione. «Non mi chiesi mai allora se era intelligente o stupido, ma ora mi rendo conto che la luce della sua intelligenza splendeva acutamente su di me». Insomma, ci sono tutte le migliori premesse. Da grande scrittrice, la Ginzburg traduce in un'immagine simbolica memorabile questa prima fase: il bicchiere d'acqua con ghiaccio che il dottore le fa trovare ogni giorno sulla scrivania – un dono più speciale di quello che può apparire oggi, non essendo sicuramente la Roma del 1947 piena di frigoriferi. Già, ma la cucina da cui proviene quel bicchiere le è proibita... Ben presto, comunque, qualcosa si guasta. Anche annotare i sogni le costa fatica, e li butta giù in fretta «come una scolara che deve presentare il compito». La Ginzburg percepisce di girare a vuoto nel racconto di sé – «avevo sempre la sensazione che l'essenziale era rimasto ancora da dire. Parlai tanto e non giunsi mai a dire l'intera verità su di me». *L'essenziale*: è in questo aggettivo sostantivato che sta tutta la posta in gioco. Puoi essere animato dal più rigoroso scrupolo di verità, ma non saprai mai se hai colpito il centro del bersaglio. Tutte queste sensazioni sono abbastanza comuni a chi si sottopone a una terapia, e tutto sommato rimediabili. Ma c'è un ostacolo più difficile da superare, che finisce per far crollare il castello di carte. Anche nella relazione tra il dottor B. e la paziente era escluso (è da notare la ripetizione certo non accidentale) «qualcosa di essenziale». E di fronte a questa mancanza lo spirito fondamentalmente anarchico e assetato di giustizia di Natalia Ginzburg inizia a recalcitrare come un mulo. Mentre sorseggia il suo bicchiere di acqua ghiacciata, e percepisce la luce dell'intelligenza del dottor B., la paziente comprende che da quella relazione è esclusa la «*reciproca pietà*». Non che sia così ingenua da non capire che quelle sono le regole del gioco, diverse appunto da quelle dell'amicizia, o dell'amore, in quanto escludono in partenza qualunque tentativo di simmetria. Lei racconta tutto di sé – perlomeno quello che è capace di raccontare – ma non può a sua volta interrogare il dottor B., soddisfare la sua curiosità umana. E questo interdetto non può che generare delle tentazioni. «*Cercavo di immaginarmi sua moglie*» confessa vent'anni dopo la paziente, e insieme (leggendo queste righe mi era venuta in mente la Visitatrice) «le altre stanze dell'appartamento». Vuole insomma ricomporre nella sua mente una totalità negata dalle circostanze; immaginando ciò che non le è permesso di osservare vuole rendere la pietà reciproca. Ha torto, ha ragione? Il desiderio non ha né ragione né torto: esprime una verità. Forse senza rendersene conto, forse consapevolmente, Natalia Ginzburg ha riscritto la favola di Amore e Psiche. Anche nella storia raccontata da Apuleio, la catastrofe ruota intorno a un terribile, inesorabile verdetto: Psiche potrà incontrare il suo sposo soltanto al buio. *Non videbis, si videris* – così suona la minaccia di Amore. Se mi avrai visto, non mi vedrai più. Quello che viene richiesto a Psiche è accettare di essere guardata senza guardare a sua volta. Psiche moderna: colei che non può vedere il volto della moglie del suo analista, o la sua camera da letto.

Nell'archivio di Natalia Ginzburg sono conservati ben sei abbozzi del racconto su Bernhard: raramente si spendono tante energie per un articolo di giornale. Anche l'inizio –

«Un tempo ricorsi alla psicanalisi» – è sofferto, e viene dopo molti tentativi. Il fatto è che, a distanza di tanti anni, quando ormai la sua vita aveva preso una piega più serena che nell'immediato dopoguerra, la paziente racconta bene il motivo del dissidio e si rende conto che l'analista, pur negandole la reciproca pietà, aveva ragione. Lei voleva convincerlo che avrebbe fatto bene a trasferirsi a Torino con i figli; lui vedeva in questa soluzione un errore, un rifiuto delle sue responsabilità che la induceva a fabbricarsi dei «falsi problemi». Ma Psiche non racconta così le sue storie, come un razionale susseguirsi di cause ed effetti: ha bisogno dei suoi simboli ambigui, dei suoi specchietti per le allodole. Per staccarsi dal dottor B., ha bisogno di una decisione repentina e del tutto arbitraria. Accade che un giorno la camicia bianca del dottore sia chiusa da un «cravattino a farfalla». Questo innocente cravattino ha un ruolo simmetrico e contrario a quello del bicchiere pieno d'acqua ghiacciata – sono le pietre miliari del racconto, oggetti dotati di coscienza, come nei cartoni animati. Se il bicchiere l'aveva sedotta, il cravattino la libera. «Quella cravattina a farfalla sulla sua persona austera ed ebraica mi sembrò stupida, il più stupido segno della frivolezza. Non mi curai nemmeno di dirglielo, tanto inutili erano diventati per me i miei rapporti con lui. Di colpo smisi di andare da lui e gli mandai gli ultimi denari che gli dovevo con qualche breve parola».

L'estate sfolgorava. Con la benedizione della Degenerata, che ne avrebbe approfittato per piazzarsi in casa e godere l'aria condizionata, verso la fine di agosto avevo offerto a Paradisa un weekend al mare, a Ischia, in un grande albergo dove passò un sacco di tempo a farsi fare dei massaggi e a sottoporsi ad altre misteriose e costosissime cure termali. Era una specie di regalo di addio: qualche sera prima, prima di addormentarci alla solita maniera, mi aveva sussurrato che sarebbe presto partita per Ginevra. Uno dei figli aveva messo incinta la sua ragazza. Ma non era l'unica notizia: anche la Degenerata stava per andarsene, non me lo aveva detto? A metà settembre sarebbe tornata a Lima, per badare a sua madre. Dopo aver trascorso tanto tempo a escogitare il modo di licenziarla, ecco il miracolo. Nello stesso tempo, l'idea di non rivedere più né lei né la dolce Paradisa era più triste di quello che avrei mai potuto immaginare. È strano a dirsi, ma le situazioni più casuali della vita, le abitudini più gratuite, le relazioni più effimere sono quelle che, al momento di distaccarcene, producono più rimpianti e nostalgie. Tutto sommato, quelle due donne così estranee, con le quali avevo così poco da dirmi, erano le persone che avevo più frequentato durante i primi mesi passati in casa di mio padre, cercando di fronteggiare quella sorgente di misteriose energie psichiche che si erano condensate nel fantasma della Visitatrice. La casa era ancora sottosopra come il giorno del trasloco, se non peggio. In un sussulto di solidarietà, la Degenerata (alle quale avevo anche elargito una lauta quanto immeritata liquidazione) mi propose di mettere in ordine una volta per tutte. A Paradisa quel casino non faceva né caldo né freddo, ma alle donne, mi informarono, piace essere ricevute in una casa ben limpiada. Finì che passammo un pomeriggio a spostare cose da una stanza all'altra, senza risolvere nulla. L'unico armadio era pieno di giacche e vecchi cappotti di mio padre, che non mi andava di buttare. Fu Paradisa a proporre di sistemare provvisionalmente i miei vestiti su un divano che usavo poco, e ancora oggi li tengo così.

Alla fine del 1944 mio padre si arruolò nell'esercito regolare, aderendo agli appelli di Benedetto Croce e Palmiro Togliatti, che incitavano i partigiani a unirsi alle forze degli Alleati per completare la cacciata dei tedeschi. Raggiunse il 21° reggimento di fanteria «Cremona» sul fronte di Rimini, che assieme agli inglesi e ai polacchi procedeva verso nord, riconquistando Mestre e Venezia nei primi giorni di maggio del 1945. Anche di questa seconda parte della guerra, combattuta in divisa, conservava un buon ricordo. I tedeschi ormai sapevano di aver perso, ma resistevano furiosamente, quando ce n'erano le possibilità. Alla fine nel reggimento si sarebbero contati centosei caduti e duecentocinquantotto feriti. Mio padre si occupava di radio e trasmissioni – «marconista di linea». Farebbe la sua bella figura nel museo anche la «croce di guerra al valor militare», con tanto di encomio firmato dal generale Alexander in persona, ricevuta dal «fante Mario Trevi». Ma ne ho trovata una traccia sicura solamente in un'appendice delle memorie del generale Ettore Musco, a capo del reggimento. Musco a quei tempi era un uomo già maturo, reduce da molte guerre. Aristocratico di origine calabrese, discendente del grande filosofo illuminista Gaetano Filangieri, sapeva scrivere bene, e il suo libro, sobriamente intitolato *Il 21° reggimento di fanteria «Cremona» nella guerra di Liberazione*, permette di seguire passo per passo e immaginare efficacemente tutta quella pericolosa avventura. Probabilmente la croce di guerra al valor militare è legata a una delle battaglie più cruente di quei mesi, quella per l'occupazione di Cavarzere, con la sponda settentrionale dell'Adige, che attraversa il paese, disperatamente difesa dai tedeschi. Musco descrive in tutti i particolari una battaglia sanguinosa, combattuta dagli italiani con grande scarsezza di mezzi. A un certo punto si rese necessario l'attraversamento di un piccolo fiume: qualcuno doveva riferire la situazione al comando, dall'altra parte; solo un tronco, molto scivoloso per la pioggia, collegava le due sponde, e questo passaggio era sotto il fuoco dei cecchini tedeschi; con una certa dose di incoscienza mio padre saltò sul tronco, e in pochi secondi, trascorsi in perfetto e momentaneo equilibrio tra la vita e la morte, si mise in salvo dall'altra parte. Non prima che un cecchino tedesco riuscisse a centrare un lembo della coperta con cui proteggeva la radio e la sua antenna, lasciandogli tutta una lunga vita per meditare su quel ricordo e sulla sottilissima, invisibile linea di confine che separa, ogni attimo della nostra esistenza, la buona e la cattiva sorte.

L'ultimo oggetto del museo di mio padre che mi sembra degno di considerazione è un libro – una copia dell'*I King* o *Il libro dei mutamenti* così squinternata dall'uso quotidiano e prolungato negli anni che la copertina è sparita chissà dove, e le pagine ingiallite si sono via via quasi tutte staccate dalla costa come foglie da un ramo all'arrivo dell'autunno. Mio padre conservava perfettamente i suoi libri, neanche fossero tutte copie uniche; allora, come spiegare che abbia lasciato andare alla deriva quella compagine di fogli che solo una invisibile e misteriosa forza centripeta sembra salvare dalla dissoluzione definitiva? È comunque un'edizione elegantissima, pubblicata nel 1950 da Astrolabio come numero XIV della collana «Psiche e coscienza» diretta da Ernst Bernhard. Si basa sul lavoro di Richard Wilhelm, un pastore evangelico tedesco che aveva a lungo lavorato come missionario in Cina, finendo per incontrare un sapiente taoista che lo aveva introdotto ai segreti di quel testo che in Occidente era stato troppo spesso confuso con un gioco da indovini da fiera, una specie di ermetica Smorfia napoletana. Ne venne fuori un'edizione tedesca eccellente, sia degli oracoli veri e propri dell'*I King*, sia degli antichi commenti, definiti, in modo molto poetico, «le ali»: come se in effetti l'interpretazione di un testo antico fosse una maniera di farlo volare, nello spazio e nel tempo. È da questa edizione che venne ricavata quella inglese, con la famosa introduzione di Jung, uno dei suoi scritti più nitidi e belli. Portando in Italia un tale tesoro di sapienza, Bernhard fece controllare gli originali cinesi da Bruno Veneziani, il cognato di Italo Svevo, che Freud in persona aveva provato (senza alcun successo) a guarire dalle sue nevrosi. Anche se stampato, introdotto e tradotto, è difficile parlare dell'*I King* come di un «libro» vero e proprio. Ho sempre considerato questo venerabile oracolo, frutto della raffinata civiltà cinese, più una persona che un testo: una persona una e molteplice, rinchiusa in ogni copia dell'*I King* manoscritta o stampata come un mollusco nella sua conchiglia. Certo, si può leggerlo da capo a fondo come un romanzo o un trattato, ma tutti sanno che va interrogato, con l'aiuto di tre monetine o di altri più antiquati strumenti. Mi sono fatto l'idea che l'*I King* – sebbene il metodo d'interrogazione sia valido per tutti e abbastanza semplice da apprendere – disdegni i dilettanti, ai quali fornisce responsi nebulosi e ambigui, e abbia cari i suoi fedeli, come un maestro che prenda sul serio solo chi a sua volta è capace di prenderlo sul serio. Già l'aspetto esteriore della copia di mio padre testimonia la frequenza e l'intensità dei suoi ricorsi all'oracolo, non ci fossero le decine di foglietti sui quali componeva, a ogni lancio delle monetine, gli esagrammi con la loro alternanza di linee intere o spezzate. Nei casi frequenti in cui il lancio produceva delle linee mobili, accanto all'esagramma iniziale ce n'è sempre un secondo: il risultato del mutamento di certe particolari linee. Ricordo che teneva vicino alla sua copia una minuscola scatolina – chissà dove è finita – con tre leggerissime monetine da dieci lire che amava usare per ricavare il responso. Solo raramente, purtroppo, accanto agli esagrammi annotava la domanda che li aveva suscitati, e in maniera così sibillina che non sono mai riuscito a decifrarne una con sicurezza. Non ho un buon rapporto con l'oracolo, interrogarlo mi innervosisce, non sono capace di interpretare a mio vantaggio quelle sublimi sentenze popolate di principi saggi, animali araldici, ponti da attraversare, laghi e picchi montani. Mi sono fatto l'idea di stare antipatico all'*I King*, ed è per questo motivo che ogni tanto chiedevo a mio padre di interrogarlo al mio posto («be', tratti il tuo vecchio padre come una *fattucchiera*? È facile, basta concentrarsi un po', leggi per bene l'introduzione» – «papà, non ci capisco niente» – «è perché sei solo *curioso!*»). Negli ultimi anni, dopo tanti lanci di monetine e meditazioni sulle sentenze, ricorreva all'*I King* sempre più raramente, o forse sarebbe più esatto dire che a volte la vita dura più a lungo delle domande che le facciamo. L'ultima domanda, quella identica per tutti: *è proprio vero che devo morire anche io?*, non prevede nessuna risposta.

Rimane da dire che quando sfoglio la copia ingiallita e squinternata del venerabile *Libro dei mutamenti* (lo tengo sempre dove l'ho trovato, sul ripiano della scrivania, accanto al telefono), cerco lo stesso esagramma, il sessantunesimo della serie: Ciung Fu, *La veracità intrinseca*. È il più bello di tutti, se ha senso questo apprezzamento, con quel vuoto nel mezzo, o nel cuore, che però, delimitato sopra e sotto da linee continue, è un vuoto *esistente*, come lo zero dentro una cifra:

Più di ogni foto e di ogni ricordo mio o di chi l'ha conosciuto, questa combinazione di linee mi appare il più fedele ritratto di quell'uomo meraviglioso e misterioso che è stato mio padre. Non è un modo di dire: mi basta guardare l'esagramma 61 per qualche minuto, e sono i suoi lineamenti che inizio a riconoscere, come se fossero emersi sulla superficie di uno specchio d'acqua dopo avere attraversato chissà quali oscure profondità. «Questo vuoto del cuore» osserva il commento, «questa umiltà è necessaria per attrarre il bene. D'altro canto la solidità e la forza centrale sono necessarie per possedere la necessaria fidatezza. Così la compenetrazione di mollezza e forza è il fondamento sul quale il segno si edifica».

A proposito di domande: ripensando a quel sogno che aveva fatto durante le vacanze in bicicletta nel nord dell'Italia, un sogno così angosciante che lo aveva costretto a prendere il treno per tornare subito a casa a scrivere il suo libro su Miss Miller, Jung osserva che il gentiluomo in parrucca che intendeva interrogarlo era una specie di «spirito ancestrale», o «spirito dei morti». La domanda alla quale non aveva saputo rispondere gli era stata rivolta troppo presto, continua Jung, «ma avevo l'oscuro presentimento che, lavorando al mio libro, avrei dato una risposta alla domanda che mi era stata posta» dagli antenati, «con la speranza e l'aspettazione di potere apprendere da me ciò che essi non avevano saputo scoprire durante la loro vita terrena, poiché la risposta doveva essere data dai secoli che sarebbero seguiti». Il libro, in questa prospettiva, sarebbe una risposta *a una domanda che proviene dal passato* e che deve attendere il momento giusto, nel corso delle generazioni, perché possa essere formulata una risposta («il processo, presumibilmente, è analogo a quello che si verifica nell'anima individuale: un uomo può portare con sé per molti anni un indizio di qualche cosa, ma riesce a comprenderla con chiarezza solo a un certo momento della sua vita»).

«In riguardo al tuo sogno» scrive Bernhard a Dora dalla sua baracca nel campo di concentramento calabrese, «suppongo che quello accenno (di chi era?) ti voleva indurre a farti concio che ti comporti e senti come una vecchia, invece della realtà! Devi realizzare che sei giovane e lo rimarrai sempre, apperto ed entusiasta della vita stessa in qualunque modo essa ti incontri, interessata sempre per questo nostro destino enigmatico che ci rivelerà benevolmente, non dubito, ancora qualche segreto profondo. E finalmente non devi dimenticare che anche il tuo giove si desterà dal suo sonno d'inverno. – io sono adesso molto fiducioso nella possibilità di un presto rivederci»

Come uccelli di passo, la Degenerata e Paradisa si erano appollaiate sotto il mio tetto fino a quando ne avevano avuto bisogno, per poi volare via incalzate dal vento della necessità. L'ultima volta che le ho viste insieme le ho accompagnate a una festicciola di addio, una delle ultime sere di agosto. Avevamo caricato in macchina qualche cassa di cerveza e un grosso involto di bistecche e salsicce impregnato di sangue (erano gli ultimi regali estorti dalla Degenerata), e ci eravamo diretti fuori Roma, in una specie di parco attrezzato simile a un campeggio dove si poteva affittare per una sera uno spazio dotato di barbecue e tavoli di legno, per cucinare all'aperto godendosi il fresco del bosco. Ero rimasto sobrio, in modo da poter guidare al ritorno, ma ero riuscito a godermi l'ubriachezza e l'allegria di quelle persone. Com'era accaduto la sera d'inverno del compleanno di Paradisa, non mi ero sentito un escluso tra quegli sconosciuti, più o meno le stesse persone dell'altra volta: tre vecchie sempre vicine come le

Parche che sbocconcellavano le loro salsicce fumanti, e una decina di amici e amiche, o parenti, più giovani, quasi tutti con dei colorati cappelli da baseball ben calati sulla fronte. Dopo quella sera dormii un'ultima notte con Paradisa, che trascorse identica alle altre. Avrebbe preso di lì a qualche giorno un treno per Milano, e da Milano per la Svizzera. Non posso affermare che fossi triste all'idea di non rivederla più. Ma era una persona sull'orlo di un futuro del tutto sconosciuto, o almeno così avevo capito, e questo fatto mi aveva commosso, al momento di salutarci sulla porta. Dopo tanti mesi la casa mi era sembrata all'improvviso disabitata, come ai tempi in cui provavamo a venderla. Eppure, come se la Degenerata e Paradisa avessero realizzato una delicatissima opera di bonifica, un nuovo equilibrio tra le energie invisibili che governano i luoghi, la casa non era più vuota e drammaticamente disordinata. Finalmente, era diventata *mia*. Avrei potuto invecchiarci, magari assieme alla Visitatrice, ma senza più sentirmi come un passeggero clandestino nascosto nella stiva di una nave.

Quello che non potevo immaginare il giorno che ci siamo salutati, è che avrei rivisto Paradisa molto presto. Andò così: un settimanale a cui collaboravo mi propose un reportage sul CERN di Ginevra. Avevo dei dubbi, perché la mia cultura scientifica si ferma alle tabelline, e non giurerei nemmeno su quelle. Ma mi dissero di non preoccuparmi, ciò che volevano da me era una prosa pittoresca e impressionista, una descrizione di luoghi e persone libera da qualunque obbligo di informazione. Di informazioni più o meno attendibili i giornali erano pieni, quell'estate. Tutti parlavano del CERN, perché un esperimento, all'inizio di luglio, aveva rivelato l'effettiva esistenza del bosone di Higgs. Quanto a me, potevo prendermi tutto il tempo che volevo. Qualcosa di sicuro ne avrei tirato fuori. Il CERN mi avrebbe anche messo a disposizione qualcuno per accompagnarmi e spiegarmi quello che volevo sapere. E così, un bel pomeriggio di fine settembre, ero a Ginevra, proprio dove Miss Miller aveva studiato nel laboratorio di ricerche psichiche del professor Flournoy, che aveva pubblicato sugli «Archives de Psychologie» le sue osservazioni sull'«immaginazione creativa inconscia». L'albergo che mi avevano prenotato era in centro, e per andare al CERN, vicino al confine con la Francia, è necessario uscire dalla città e costeggiare il lago per qualche chilometro, e poi seguire la strada (il massiccio del Giura si fa sempre più vicino) fino a quando appare, giganteggiando su una pianura spoglia e anonima, un monumento sferico, un simbolo di totalità costruito in legno. Alla fine, se ci si pensa bene, la realtà, per come riusciamo a concepirla, sia spingendosi verso l'enorme che verso l'infinitesimale prende la forma di una sfera, o di varie sfere ruotanti una intorno all'altra. All'entrata mi aspettavano ben due angeli custodi, incaricati di portarmi in giro, di spiegarmi qualche concetto che fossi capace di comprendere: due giovanissimi studenti italiani, magrissimi e occhialuti, che per prima cosa mi hanno portato all'interno della sfera di legno. Lì c'è un museo didattico non tanto diverso dalla sala comando delle navi spaziali nei film di fantascienza. Si possono interrogare dei monitor, montati sui loro supporti, che ricordano grandi bulbi oculari. Cercavo di assorbire delle nozioni, prendevo appunti su un taccuino. Non ero mai sicuro, ovviamente, di aver capito bene. Con mio grande stupore imparai che l'universo, invece di srotolarsi pigramente nell'infinità, possiede una misura: non diversamente da tutto quello che contiene. Avevo appuntato un calcolo: dieci metri alla ventisettesima potenza. Ok, ma se arrivo fino al limite di questa misura, perché un limite per quanto inconcepibile deve esserci, e faccio un passo oltre il confine, dove vado? In un altro universo, nel Nulla che lo circonda? Gli studenti sembravano sconcertati dall'ingenuità, o stupidità, delle mie osservazioni. Nelle loro spiegazioni partivano da premesse abbastanza comprensibili, ma c'erano sempre un passaggio, o una parola, che mi ripiombavano nelle tenebre dell'incomprensione. Non diversamente da quella dell'*I King*, la saggezza dell'universo si lascia intuire solo a chi è in grado di fare le domande giuste.

Bene o male, in capo a un paio di giorni ero riuscito a mettere insieme qualche intervista, visitare laboratori e centri di calcolo, raccogliere dei materiali utili per scrivere il mio reportage (alla fine le mie guide, un po' timorose di offendermi, ma palesemente convinte di avere a che fare con un deficiente, mi avevano consigliato di studiare per bene un dépliant illustrato destinato ai bambini delle scuole elementari). Il pezzo forte dell'articolo, il punto culminante della mia visita al CERN, doveva essere la descrizione del Collisore Adronico (*Large Hadron Collider*), il tunnel sotterraneo di ventisette chilometri in cui i fasci di particelle vengono spinti fino a una velocità che sfiora quella della luce, e che permette di osservare gli effetti delle loro collisioni. Ero lì per quello, ma all'ultimo venne fuori qualche problema tecnico, e non fu possibile farmi scendere laggiù. Il mio viaggio a Ginevra rischiava di diventare del tutto inutile, dal punto di vista giornalistico; d'altra parte, riflettevo, anche un reportage impressionistico sul CERN era qualcosa di totalmente inutile e dilettantesco. Da che mondo è mondo, poi, i luoghi sacri, intesi come porte o ponti tra il visibile e l'invisibile, sono governati da regole minuziose e proibizioni. Così accadeva nei tempi antichi, quando questi luoghi erano vulcani, meteoriti conficcati nel suolo, fonti, dirupi, radure, grotte ostruite da cascate.

Avevo avvertito la rivista di questo grave intoppo – poco male, mi risposero, sono le sfighe del mestiere. Ma avevano pronto un servizio fotografico sul Collisore Adronico, da accompagnare al mio articolo: se non potevo scendere giù, inutile scriverlo. Per caso ho ritrovato il taccuino sul quale avevo preso i miei inadeguati appunti. Avevo avuto anche il tempo di disegnare approssimativamente una statua di Shiva Nataraja, il Signore della Danza, sistemata al centro di uno spiazzo dalle parti della mensa. Con la disposizione delle sue quattro braccia, l'immagine del dio dà l'impressione simultanea di essere immobile e in movimento. Nelle due mani superiori Shiva regge un tamburo e una fiamma, simboli del ritmo vitale e della dissoluzione che incombe su tutte le cose. Una delle mani inferiori è aperta in segno di benedizione, l'altra indica il piede sinistro sollevato, a protezione e rifugio dei fedeli. Avevo anche ricopiato la frase di Fritjof Capra sulla targa accanto alla statua: *la metafora della danza cosmica unifica la mitologia antica, l'arte religiosa e la fisica moderna.* Se questo è vero per la storia umana, lo è altrettanto per ogni singolo individuo che solo in apparenza si lascia alle spalle le fantasie dell'infanzia per procedere verso una conoscenza più sicura, e sa solo quello che ha sempre saputo.

Naufragato il reportage sul CERN, mi restava un giorno intero da passare a Ginevra, prima di prendere l'aereo. Ricordandomi che Paradisa doveva già essersi sistemata lì, le ho mandato un messaggio. Davvero ero a Ginevra? Che coincidencia! Era contenta di vedermi, prima che andassi all'aeroporto. Ci siamo dati appuntamento nel primo pomeriggio, non lontano dalla silenziosa stradina calvinista dov'era il mio albergo. Un'oretta dopo eravamo seduti al tavolino di un bar elegante, poco distanti dal grande ponte oltre il quale il lago si inoltra sinuosamente nella città trasformandosi nel Rodano. Nelle poche settimane in cui non l'avevo vista, Paradisa era cambiata in maniera stupefacente. Ancora più florida di come la ricordavo, portava un impeccabile tailleur color crema, e i lunghi capelli nerissimi raccolti sulla nuca esaltavano la bellezza matronale dei suoi lineamenti all'antica. Badava alla cassa, nel ristorante del suo parente, e cercava di imparare rapidamente un po' di francese. I suoi figli erano felici che fosse lì, tanto più che tra due settimane sarebbe diventata un'altra volta nonna. A non essere affatto cambiata era la solita espressione soddisfatta di sé e del mondo, che lampeggiava negli occhi di onice e le incurvava le labbra in un sorriso che rivelava i due incisivi lievemente separati. Come al solito, la conversazione languì; guardavamo il lago con le sue barche, le case sull'altra sponda, le montagne che sfumavano nella lontananza, come se fossimo al cinema, seduti fianco a fianco. E come al solito, un calice di vin rouge dopo l'altro, eravamo brilli – ma non al punto da rinunciare a un'ultima passeggiata, prima che Paradisa tornasse alle sue faccende. Avanzavamo lungo un viale diviso da una fila d'alberi, da una parte i moli della rada e dall'altra una successione di facciate di vecchi palazzi distinti. Il sole raggiava rendendo quasi accecante la superficie dell'acqua, ma aveva perso del tutto la forza micidiale dell'estate. Voltando a sinistra, ci siamo incamminati sul molo dominato dal Jet d'Eau. Questo monumento fatto d'acqua, il più famoso simbolo della città, consiste in effetti in un poderoso e altissimo getto d'acqua, che raggiunto il culmine ricade su sé stesso formando una specie di pennacchio iridescente. Paradisa era eccitata, nessuno finora l'aveva accompagnata lì. Abbiamo percorso gli ultimi metri stringendoci per mano, fino a trovarci sotto la colonna d'acqua che in quel momento sembrava immobile, come dipinta sullo sfondo della città e delle montagne che la circondano. E all'improvviso, sbucato chissà da dove, un colpo di vento ha scosso l'aria immobile e sonnolenta del pomeriggio di settembre, facendo girare nella nostra direzione l'acqua, che ricadeva dalla sommità del getto come un'enorme bandiera liquida, così da infradiciarci dalla testa ai piedi. Nemmeno avessimo vinto una specie di gara o di gioco a premi, a cui solo in quel momento ci eravamo resi conto di partecipare, ci siamo abbracciati ridendo. Le lenti dei miei occhiali erano ricoperte di minuscole gocce, che scomponevano tutto quanto ci stava intorno – le case, le insegne dei ristoranti, i vetri delle macchine – in un mosaico di riflessi colorati vividi come miniature smaltate. Non sapevo con cosa asciugarle. Tornando indietro verso il lungo viale alberato, mi venne in mente mio padre che lucidava i suoi ciottoli con la carta vetrata. Ogni ciottolo perfettamente lucidato doveva essere per lui come un momento rubato alla rabbia e alla fame del tempo, messo in salvo, guarito. Grattava via dalla più povera e spregiata materia la polvere della sua storia, la ripuliva di ogni prima e di ogni dopo, ed eccola lì, sul palmo della mano affaticata: la pietra preziosa dell'attimo, la risposta invocata da tutte le domande. Ma dire che mi era venuto in mente non è esatto, sono buoni tutti a venire in mente a qualcuno, mio padre era lì, in quella situazione irripetibile e insensata della mia vita. Non mi era mai successo, e non mi sarebbe successo in seguito, di percepire la sua presenza con tanta intensità: sicura come la luce del sole, la consistenza del suolo, il profumo di vaniglia di Paradisa. Ogni momento è un equilibrio imprevedibile di forze contrarie, una configurazione unica del caso nella fuga di specchi della possibilità, un oracolo cinese. È solo lì che, come il più terso dei diamanti in cima alla corona del visibile, splende intatta la realtà – ma basta un nulla, un battito di ciglia, e si è già stufata di aspettarci, è andata a giocare da qualche altra parte.

Materiali

Paolo Aite, *Ricordando Ernst Bernhard*, in «l'Ombra. Tracce e percorsi a partire da Jung», 9, 2018.

Paulo Barone, *Benares. Atlante del XXI secolo*, nottetempo, Milano 2019.

Riccardo Bernardini, *Ernst Bernhard: relazione analitica e guida spirituale*, in «l'Ombra. Tracce e percorsi a partire da Jung», 9, 2018.

Ernst Bernhard, *Mitobiografia*, a cura di Hélène Erba-Tissot, trad. di Gabriella Bemporad, Adelphi, Milano 1969.

Ernst Bernhard, *Lettere a Dora dal campo di internamento di Ferramonti (1940-1941)* (con le lettere di Dora da Roma), a cura di Luciana Marinangeli, Aragno, Torino 2011.

Aldo Carotenuto, *Jung nella cultura italiana*, Astrolabio, Roma 1977.

Pietro Citati, *La morte degli amici*, in *Ritratti di donne*, Rizzoli, Milano 1992.

Andrea Cortellessa, *Giorgio Manganelli ed Ernst Bernhard*, in *Letteratura e psicoanalisi in Italia*, a cura di Giancarlo Alfano e Stefano Carrai, Carocci, Roma 2019.

Andrea Cortellessa, *Il mentitore e il suo mentore*, in *Filologia fantastica. Ipotizzare, Manganelli*, Argolibri, Ancona 2022.

Henry F. Ellenberger, *La scoperta dell'inconscio. Storia della psichiatria dinamica* [1970], trad. di Wanda Bertola, Ada Cinato, Fredi Mazzone, Riccardo Valla, Boringhieri, Torino 1972.

Beppe Fenoglio, *I ventitré giorni della città di Alba*, Einaudi, Torino 1952.

Natalia Ginzburg, *La mia psicoanalisi* [1969], in *Un'assenza. Racconti, memorie, cronache 1933-1988*, a cura di Domenico Scarpa, Einaudi, Torino 2016.

Antonio Gnoli, *Mario Trevi, da Jung a Fellini amo le zone d'ombra*, in «la Repubblica», 29 giugno 2010.

I Ching di Ernst Bernhard. Una lettura psicologica dell'antico libro divinatorio cinese, a cura di Luciana Marinangeli, La Lepre Edizioni, Roma 2015.

I King (Il libro dei mutamenti), trad. Bruno Veneziani e A.G. Ferrara, Astrolabio, Roma 1950.

Carl Gustav Jung, *Simboli della trasformazione. Analisi dei prodromi di un caso di schizofrenia* [1912-1952], trad. di Renato Raho, Boringhieri, Torino 1970.

Carl Gustav Jung, *Ricordi sogni riflessioni. Raccolti ed editi da Aniela Jaffé* [1961], trad. di Guido Russo, Rizzoli, Milano 1978.

Jung parla. Interviste e incontri [1977], a cura di William McGuire e R.F.C. Hult, trad. di Adriana Bottini, Adelphi, Milano 1995.

John Kerr, *A Most Dangerous Method. The Story of Jung, Freud, and Sabina Spielrein*, Vintage Books, New York 1994.

Romano Màdera, *Vai verso l'altrove di te*, in «l'Ombra. Tracce e percorsi a partire da Jung», 9, 2018.

Giorgio Manganelli, *Il vescovo e il ciarlatano. Inconscio, casi clinici, psicologia del profondo. Scritti 1969-1987*, a cura di Emanuele Trevi, Quiritta, Roma 2001.

Ettore Musco, *Il 21° reggimento fanteria «Cremona» nella guerra di Liberazione*, Tipografia Regionale, Roma 1962.

Richard Noll, *Jung, il profeta ariano. Origini di un movimento carismatico* [1994], Mondadori, Milano 1999.

Viola Papetti, *Il sarcofago di Manganelli*, in «L'Indice», luglio 1992.

Graziella Pulce, *Bibliografia degli scritti di Giorgio Manganelli*, Titivillus Editore, Firenze 1996.

Florent Serina, *Le cas Miss Miller, de Théodore Flournoy à Carl Gustav Jung. Introduction à «Quelques faits d'imagination créatrice subconsciente» de Frank Miller*, in «Cahiers Junghiens de Psychanalyse», n. 144, 2016.

Sonu Shamdasani, *A Woman Called Frank*, in «Spring. A Journal of Archetype and Culture» n. 50, 1990.

Luciana Sica, *L'ombra lontana di Jung*, in «la Repubblica» 18 novembre 2006.

Emanuele Trevi, Mario Trevi, *Invasioni controllate*, Castelvecchi, Roma 2007.

Giuseppe Tucci, *Teoria e pratica del Mandala con speciale riferimento alla moderna psicologia del profondo*, Ubaldini, Roma 1969.

Indice

Prologo. «*Lo sai com'è fatto*»   p. 11
I. *La visitatrice*   33
II. *L'oro puro del sapere profundo*   143

Materiali   245

EMANUELE TREVI

QUALCOSA DI SCRITTO

Roma, primi anni Novanta. Mentre i sogni del Novecento volgono a una fine inesorabile e Berlusconi si avvia a prendere il potere, uno scrittore trentenne cinico e ingenuo, sbadato e profondo assieme, trova lavoro in un archivio, il Fondo Pier Paolo Pasolini. Su quel dedalo di carte racchiuso in un palazzone del quartiere Prati, regna una bisbetica Laura Betti sul viale del tramonto: ma l'incontro con la folle eroina di questo libro, sedicente eppure autentica erede spirituale del poeta friulano, equivale per il giovane a un incontro con Pasolini stesso, come se l'attrice di *Teorema* fosse plasmata, *posseduta* dalla sua presenza viva, dal suo itinerario privato di indefesso sperimentatore sessuale e dalla sua vicenda pubblica d'arte, eresia e provocazione. Qualcosa di scritto racconta la linea d'ombra di questo contagio e l'inevitabile congedo da esso – un congedo dall'adolescenza e da un'intera epoca; ma racconta anche un'altra vicenda, quella di un'iniziazione ai misteri, di un accesso ai più riposti ed eterni segreti della vita. Una storia nascosta in *Petrolio*, il romanzo incompiuto di Pasolini che vide la luce nel 1992 e che rivive qui in un'interpretazione radicale e illuminante. Una storia che condurrà il lettore per due volte in Grecia, alla sacra Eleusi: come guida, prima il grandioso libro postumo di Pier Paolo Pasolini, poi il disincanto della nostra epoca – in cui può tuttavia brillare ancora il paradossale lampo del mistero.

EMANUELE TREVI

SOGNI E FAVOLE

Roma, 1983. Il Novecento brilla ancora. Emanuele, neppure ventenne, lavora in un cineclub del centro. Una notte, al termine di un film di Tarkovskij, entra in sala e vi trova un uomo solo, in lacrime. È Arturo Patten, statunitense trapiantato a Roma, uno dei più grandi fotografi ritrattisti. Per tutto lo scorcio del secolo, Emanuele ascolterà la lezione del suo amico, Lucignolo e Grillo Parlante assieme, che vive la vita con invidiabile intensità, e grazie a lui incontrerà Cesare Garboli, il «grande critico» cui è qui dedicato uno splendido cammeo, che prima di morire gli affiderà la missione di indagare su Metastasio e sul suo sonetto *Sogni, e favole io fingo*. «Favole finge» tutta la grande letteratura moderna qui evocata, da Puškin a Pessoa fino ad Amelia Rosselli, somma poetessa italiana del Novecento, che abita nella stessa strada di Arturo e che come lui lascerà la vita per scelta; Emanuele incontrerà più volte quel meteorite umano, sempre in fuga da oscuri e spietati nemici, e con Arturo è lei, e la sua eredità, l'altra protagonista di questo folgorante «libro strano» di Trevi – romanzo autobiografico e divagazione saggistica assieme, sette anni dopo *Qualcosa di scritto*.

Arturo, Amelia, Metastasio guidano lui e noi nel cuore di una Roma piovosa e arcaica, nel cerchio simbolico della depressione e dell'insensatezza, verso l'approdo vitale dell'illusione: se, come scrive Metastasio, le storie inventate suscitano in noi la stessa commozione delle vicende reali, forse di sogni e favole è fatta la vera vita.

Finito di stampare nel mese di dicembre 2023
per conto di Adriano Salani Editore s.u.r.l.
da Poligrafici Il Borgo S.r.l., Bologna
Printed in Italy